COLLECTION FOLIO

Mario Vargas Llosa

Qui a tué Palomino Molero?

Traduit de l'espagnol
par Albert Bensoussan

Gallimard

Titre original :

¿QUIÉN MATÓ A PALOMINO MOLERO?

© *Mario Vargas Llosa, 1986.*
© *Éditions Gallimard, 1987, pour la traduction française.*

Né en 1936 au Pérou, Mario Vargas Llosa passe une partie de son enfance en Bolivie. Dès l'âge de quatorze ans, il est placé à l'Académie militaire Leoncio Prado de Lima qui lui laisse un sinistre souvenir. Parallèlement à ses études universitaires, il collabore à plusieurs revues littéraires et, lors d'un bref passage au Parti communiste, découvre l'autre visage du Pérou. Il se lance dans le journalisme comme critique de cinéma et chroniqueur. Il obtient une bourse et part poursuivre ses études à Madrid où il passe son doctorat en 1958. L'année suivante, il publie un recueil de nouvelles très remarqué, *Les caïds*, et s'installe à Paris. Il écrit de nombreux romans, couronnés par des prix littéraires prestigieux. Devenu libéral après la révolution cubaine, il fonde un mouvement de droite démocratique et se présente à l'élection présidentielle de 1990, mais il est battu au second tour. Romancier, critique, essayiste lucide et polémique (*L'utopie archaïque*), Mario Vargas Llosa est considéré comme l'un des chefs de file de la littérature latino-américaine. Il a reçu le prix Nobel de littérature en 2010.

A José Miguel Oviedo

I

– Bordel de merde de vérole de cul! balbutia Lituma en sentant qu'il allait vomir. Dans quel état ils t'ont mis, petit.

Le gars était à la fois pendu et embroché sur le vieux caroubier, dans une position si absurde qu'il ressemblait davantage à un épouvantail ou à un pantin de carnaval démantibulé qu'à un cadavre. Avant ou après l'avoir tué on l'avait réduit en charpie, avec un acharnement sans bornes : il avait le nez et la bouche tailladés, des caillots de sang séché, des ecchymoses et des plaies, des brûlures de cigarette sur tout le corps et, comme si ce n'était pas assez, Lituma comprit qu'on avait aussi tenté de le châtrer, parce que ses testicules pendaient jusqu'à mi-jambe. Il était nu depuis la taille, avec seulement un tricot de peau tout déchiré. Il était jeune, mince, brun et osseux. A travers le nuage de mouches qui bourdonnaient autour de son visage ses cheveux brillaient, noirs et bouclés. Les chèvres du gosse erraient tout autour, grattant la terre caillouteuse et ingrate, et Lituma eut l'im-

9

pression qu'à tout moment elles allaient mordiller les orteils du cadavre.

– Qui a fait ça, putain? balbutia-t-il en contenant sa nausée.

– Qu'est-ce que j'en sais! dit le gosse. Pourquoi m'engueuler, c'est ma faute, à moi? Encore merci que j'ai été vous le dire.

– Ce n'est pas toi que j'engueule, fiston, murmura Lituma. Je jure parce que c'est pas croyable qu'il y ait au monde des gens aussi dégueulasses.

Le gosse avait dû connaître la peur de sa vie ce matin, en menant paître ses chèvres sur ce coteau rocailleux et en tombant sur un tel spectacle. Il s'était comporté en citoyen exemplaire, ce petit gars. Il avait laissé son troupeau au milieu des pierres près du cadavre et avait couru à Talara en avertir la gendarmerie. Il avait du mérite, Talara se trouvait à au moins une heure de route. Lituma revoyait son visage tout en sueur, entendait encore ses éclats de voix lorsqu'il avait fait irruption à la porte du poste :

– On a tué un type, là-bas, sur le chemin de Lobitos. Si vous voulez, je vous conduis, mais alors tout de suite. J'ai laissé mes chèvres en liberté, on peut me les voler.

On ne lui en avait volé aucune, heureusement; en arrivant, alors qu'il était en état de choc devant le spectacle du mort, le gendarme avait aperçu le petit berger qui comptait son troupeau avec ses doigts et l'avait entendu soupirer, soulagé : « Tou-te-tou-tes. »

– Mais très Sainte Vierge, s'écria le taxi derrière lui. Mais, mais, qu'est-ce que c'est que ça?

Durant le trajet, le gosse leur avait plus ou moins décrit ce qu'ils allaient voir, mais c'était une chose que d'imaginer le spectacle, une autre de le voir et le sentir. Parce que ça dégageait aussi une puanteur abominable. Il fallait s'y attendre, avec ce soleil qui semblait forer les pierres et les crânes. Le corps devait se décomposer à toute allure.

— Est-ce que vous me donnez un coup de main, dites? fit Lituma.

— Bien obligé! grogna le taxi en faisant le signe de la croix et crachant en direction du caroubier. Si on m'avait dit à quoi allait servir ma Ford, je ne l'aurais pas achetée, même en solde. Le lieutenant et vous, vous abusez parce que vous me prenez pour une poire.

Don Jerónimo était le seul taxi de Talara. Sa vieille guimbarde, noire et grosse comme un fourgon mortuaire, pouvait même franchir autant qu'il le voulait la grille qui séparait le bourg de la zone réservée qui abritait les bureaux et les maisons des gringos de l'International Petroleum Company. Le lieutenant Silva et Lituma utilisaient les services du taxi chaque fois qu'ils devaient effectuer un déplacement trop long pour les chevaux et la bicyclette, seuls moyens de transport du poste de gendarmerie. Le taxi marmonnait et protestait chaque fois qu'on faisait appel à lui, en disant qu'on lui faisait perdre de l'argent, bien que dans ces cas-là le lieutenant payât l'essence.

— Attendez avant de le décrocher, Don Jerónimo, je me rappelle maintenant, dit Lituma au moment où ils allaient saisir le corps. Nous ne pouvons pas

11

le toucher avant l'arrivée du juge et le constat.

– Ça veut dire que je vais devoir faire encore le même trajet, grommela le vieux. Je vous avertis, ou bien le juge me paye ma course ou il se cherche un autre idiot.

Et presque aussitôt il se frappa le front. Écarquillant les yeux, il approcha son visage du cadavre.

– Mais moi je le connais ce type! s'écria-t-il.

– Qui c'est?

– Un des mécanos qui ont rappliqué sur la base aérienne avec le dernier contingent, s'anima le vieux. C'est lui. Le petit gars de Piura qui chantait des boléros.

II

– Il chantait des boléros? Alors ce doit être celui dont je t'ai parlé, cousin, assura le Babouin.

– En effet, acquiesça Lituma. Nous avons vérifié et c'est lui. Palomino Molero, de Castilla. Sauf que ça ne nous dit toujours pas qui l'a tué.

Ils se trouvaient au bistrot de la Chunga, dans le voisinage du stade, où devait avoir lieu un combat de boxe car ils percevaient, clairement, les cris des supporters. Le gendarme était venu de Piura en profitant de son jour de congé; un camionneur de l'International l'avait amené ce matin et le ramènerait à Talara à minuit. Chaque fois qu'il se rendait à Piura, il tuait le temps avec ses cousins León – José et celui qu'on surnommait le Babouin – ainsi que Josefino, un ami du quartier de la Gallinacera. Lituma et les León étaient de la Mangachería et il y avait une terrible rivalité entre les Mangaches et les Gallinacés, mais l'amitié entre les quatre avait surmonté cette barrière. Ils étaient cul et chemise, ils avaient leur hymne à eux et s'appelaient eux-mêmes les indomptables.

– Trouve-le et l'on te nommera général, Lituma, grimaça le Babouin.

– Ça sera coton. On sait que dalle, personne n'a rien vu, et, ce qu'il y a de pire, les autorités ne collaborent pas.

– L'autorité, s'étonna Josefino, à Talara ça n'est donc pas vous, mon vieux?

– Le lieutenant Silva et moi, nous sommes l'autorité policière. Celle qui ne coopère pas c'est l'armée de l'Air. Et comme le gars assassiné faisait partie du contingent, s'ils ne veulent pas donner un coup de main, qui diable va nous venir en aide? – Lituma souffla la mousse de son verre et but une gorgée de bière en ouvrant une gueule de crocodile. – Putain de vérole de cul. Si vous aviez vu ce qu'ils en ont fait, ça vous couperait la chique et plus question d'aller au bordel. Et on comprendrait que je ne puisse pas penser à autre chose.

– On comprend, dit Josefino. Mais y'en a marre de causer d'un macchabée. Tu chies dans la colle, Lituma, avec tes histoires.

– Voilà ce que c'est que devenir flic, dit José. On en prend plein la tronche, et toi d'abord ça ne te vaut rien. Un flic, ça doit avoir un cœur de pierre, il doit même, s'il le faut, être un sacré fils de pute. Mais toi tu es sentimental comme c'est pas possible, couillon de la lune.

– C'est vrai que je le suis, admit Lituma, abattu. Je n'arrive pas à m'ôter ce petit de la tête. J'en ai des cauchemars, je me vois avec les couilles pendantes comme lui. Pauvre petit : il les avait jusqu'aux genoux et écrasées comme des œufs frits.

14

– Tu les lui as touchées, cousin? ricana le Babouin.

– A propos d'œufs, le lieutenant Silva s'est-il enfin envoyé la grosse? demanda José.

– Qu'il aille tirer son coup, on en a marre d'attendre, ajouta Josefino. Alors est-ce qu'il se l'est envoyée?

– Au train où vont les choses, il mourra sans la baiser, soupira Lituma.

José se leva de table :

– Bon, allons au cinoche, histoire de faire quelque chose, parce que tant que ça n'est pas minuit le boxon ressemble à une veillée funèbre. Aux Variétés on passe une comédie mexicaine, avec Rosita Quintana. C'est le flic qui invite, naturliche.

– J'ai même pas de quoi payer ma bière, dit Lituma. Tu vas me faire crédit, hein, ma petite Chunga?

– Qu'elle te fasse crédit, la salope qui t'a fait, rétorqua la Chunga derrière son zinc, d'un air de dégoût.

– Je pensais bien que tu allais me répondre ça, dit Lituma. Je l'ai fait pour t'emmerder, rien de plus.

– Va emmerder la salope qui t'a fait, bâilla la Chunga.

– Deux à zéro, grimaça le Babouin. C'est la Chunga qui mène.

– T'énerve pas, Chunguita, dit Lituma. Voilà ce que je te dois. Et inutile de t'en prendre à ma pauvre maman, qui est morte et enterrée, la malheureuse, à Simbilá.

15

La Chunga, une grande femme acerbe et sans âge, prit les billets, les compta et rendit la monnaie quand déjà le gendarme, les León et Josefino s'en allaient.

– Une question, Chunguita, la défia Josefino. Jamais personne ne t'a balancé une bouteille sur le crâne pour répondre comme tu réponds?

– Depuis quand est-on si curieux? rétorqua la Chunga sans daigner le regarder.

– Eh bien! un jour quelqu'un te la balancera, tu es tellement sympa.

– Je parie que ça ne va pas être toi, bâilla la Chunga, accoudée à nouveau derrière son comptoir, une simple rangée de tonneaux avec une planche par-dessus.

Les quatre indomptables franchirent la sablière jusqu'à la route, passèrent devant le Club des petits Blancs de Piura et marchèrent en direction du monument de Grau. La nuit était tiède, tranquille et brillait de toutes ses étoiles. Elle sentait les caroubes, les chèvres, la crotte de mulet, la friture, et Lituma, sans pouvoir chasser de son esprit l'image de Palomino Molero embroché et en lambeaux, se demanda s'il regrettait d'être devenu flic et de ne plus vivre la bohème d'un indomptable. Non, il ne le regrettait pas. Quoique ce soit un foutu boulot, maintenant il mangeait tous les jours et sa vie était libre des incertitudes d'autrefois. José, le Babouin et Josefino sifflaient une valse créole en un beau trio, et lui tâchait d'imaginer l'accent roucoulant et la musique enveloppante dont le pauvre gosse, aux dires de tous, chantait ses boléros. A la porte des

16

Variétés il dit au revoir à ses cousins et à Josefino. Il leur mentit : le camionneur de l'International retournerait à Talara plus tôt que d'ordinaire et il ne voulait pas se retrouver sans véhicule. Ils essayèrent de le taper de quelques sols, mais il ne leur lâcha pas même une demi-pièce.

Il se mit à marcher vers la place d'Armes. Chemin faisant, il aperçut à un coin de rue le poète Joaquín Ramos, portant monocle, conduisant sa chèvre qu'il appelait sa gazelle. La place était pleine de gens, comme s'il y allait avoir une retraite aux flambeaux. Lituma ne prêta pas attention aux passants et, à la hâte, comme s'il se rendait à un rendez-vous galant, il traversa le vieux pont vers Castilla. L'idée avait pris corps tandis qu'il buvait sa bière chez la Chunga. Et si cette femme n'était plus là ? Et si, pour oublier son malheur, elle était partie habiter dans une autre ville ?

Mais il trouva la femme à la porte de chez elle, assise sur un petit banc, prenant le frais tandis qu'elle égrenait des épis de maïs dans une cuvette. Par la porte ouverte de la maisonnette en torchis on apercevait, dans la pièce éclairée d'une lampe à pétrole, le maigre mobilier : chaises de paille, certaines défoncées, une table, des jerricanes, une caisse qui devait servir de buffet, et une photo coloriée. « Pauvre petit », pensa-t-il.

– Bonsoir, dit-il en s'arrêtant devant la femme.

Il remarqua qu'elle était nu-pieds et avec la même robe noire qu'elle portait ce matin, à la gendarmerie de Talara.

Elle murmura « bonsoir » et le regarda sans le

17

reconnaître. Des chiens efflanqués se flairaient et grondaient tout autour. Au loin, on percevait des accords de guitares.

– Pourrais-je bavarder un petit moment avec vous, Doña Asunta? demanda-t-il d'un ton respectueux. A propos de votre petit Palomino.

Dans la demi-pénombre, Lituma put voir le visage sillonné de rides et ses petits yeux presque couverts par les grosses paupières, le scrutant avec méfiance. Avait-elle toujours eu les yeux ainsi ou étaient-ils gonflés ces derniers jours à force de pleurer?

– Vous ne me reconnaissez pas? Je suis le gendarme Lituma, du poste de Talara. J'étais là quand le lieutenant Silva a pris votre déposition.

La femme se signa en marmonnant quelque chose d'incompréhensible, et Lituma la vit se lever, péniblement. Elle rentra dans la maison en traînant la cuvette pleine de grains de maïs et le petit banc. Il la suivit, et à peine fut-il à l'intérieur qu'il ôta sa casquette. La pensée que cela avait été le foyer du petit gars l'impressionnait. Ce qu'il faisait n'obéissait pas à une directive de son supérieur mais à une initiative personnelle; pourvu que cela ne lui donne pas des maux de tête.

– L'avez-vous retrouvée? murmura la femme, de la même voix tremblante qu'à Talara tandis qu'elle faisait sa déposition. – Elle se laissa tomber sur une chaise et comme Lituma la regardait sans comprendre, elle haussa la voix : – La guitare de mon fils. L'avez-vous retrouvée?

– Pas encore, dit Lituma en se souvenant. – Doña Asunta avait beaucoup insisté, au milieu de ses hoquets et en répondant aux questions du lieutenant Silva, pour qu'on lui restitue la guitare de son petit. Mais, après son départ, ni le lieutenant ni lui ne se rappelèrent la chose. – Ne vous en faites pas. Tôt ou tard nous la retrouverons et je vous la rapporterai en personne.

Elle refit le signe de la croix et Lituma eut l'impression qu'elle l'exorcisait. « Je lui rappelle son malheur », pensa-t-il.

– Il voulait la laisser ici mais moi je lui ai dit emporte-la, emporte-la, l'entendit-il psalmodier de sa bouche où il restait à peine une ou deux dents. Non, ma petite maman, à la base je n'aurai pas le temps de jouer, je ne sais même pas si j'aurai un endroit pour la ranger. Qu'elle reste là, j'en jouerai quand je viendrai à Piura. Non, non, petit, emporte-la, pour te distraire, pour t'accompagner quand tu chanteras. Ne te prive pas de ta guitare que tu aimes tellement, Palomino. Ah! mon pauvre chéri, hélas!

Elle éclata en pleurs et Lituma regretta d'être venu rappeler de mauvais souvenirs à la femme. Il balbutia quelques paroles de consolation, en se grattant la nuque. Pour se donner une contenance, il s'assit. Oui, c'était la photo du gosse, faisant sa première communion. Il contempla un long moment le petit visage allongé et anguleux de l'enfant brun, les cheveux bien aplatis, vêtu de blanc, un cierge dans la main droite, un missel dans la gauche et un scapulaire sur la poitrine. Le photographe avait peint en rouge les joues et les lèvres. Un gamin chétif, l'air extasié comme s'il voyait l'Enfant-Dieu.

19

– Déjà en ce temps-là il chantait très joliment, pleurnicha Doña Asunta en montrant la photographie. Le père García le faisait chanter dans les chœurs en solo et même à la messe on l'applaudissait.

– Tout le monde dit qu'il avait une voix sensationnelle, commenta Lituma, qu'il aurait pu devenir un artiste, chanter à la radio et faire des tournées. Tout le monde le dit. Les artistes ne devraient pas faire de service militaire, on devrait les exempter.

– Palomino ne devait pas faire de service militaire, dit Mme Asunta. Il était exempté.

Lituma chercha son regard. La femme se signa et se remit à pleurer. Tandis qu'il l'entendait pleurer, Lituma observait les insectes qui voletaient autour de la lampe. Il y en avait des dizaines, ils se précipitaient en bourdonnant contre le verre à maintes reprises, tâchant d'atteindre la flamme. Ils voulaient se suicider, les idiots.

– Le sorcier a dit que lorsqu'on retrouvera sa guitare, on les retrouvera eux, geignit Doña Asunta. Ceux qui possèdent sa guitare sont ceux qui l'ont tué. Assassins! Assassins!

Lituma acquiesça. Il avait envie de fumer, mais allumer une cigarette devant la douleur de cette femme lui semblait un manque de respect.

– Votre fils était donc exempté de service militaire? demanda-t-il timidement.

– Fils unique d'une mère veuve, récita Doña Asunta. Palomino était fils unique parce que mes deux autres enfants sont morts. C'est la loi.

– C'est vrai, on commet bien des abus. – Lituma se

gratta à nouveau le cou, convaincu qu'elle allait recommencer à pleurer. – On n'avait, donc, pas le droit de l'appeler sous les drapeaux ? Quelle injustice ! A cette heure il serait vivant, bien sûr.

Doña Asunta secoua la tête en séchant ses yeux sur le bord de sa jupe. Au loin on entendait toujours gratter une guitare et Lituma eut l'impression fantastique que celui qui jouait là-bas, dans l'obscurité, peut-être au bord du fleuve et regardant la lune, n'était autre que le petit gars.

– On ne l'a pas enrôlé, il était volontaire, gémit Doña Asunta. Personne ne l'y obligeait. Il est entré dans l'armée de l'Air parce qu'il l'a voulu. Il a fait lui-même son malheur.

Lituma l'observa longuement, en silence. C'était une femme de petite taille, ses pieds nus frôlaient à peine le sol.

– Il a pris l'autocar, s'est rendu à Talara et s'est présenté à la base en disant qu'il voulait faire son service militaire dans l'aviation. Pauvre petit ! Il a cherché sa mort, monsieur. Lui-même, tout seul. Pauvre Palomino !

– Et pourquoi ne l'avez-vous pas dit au lieutenant Silva, à Talara ? demanda Lituma.

– D'abord est-ce qu'il m'a posé la question ? J'ai répondu à tout ce qu'il a voulu.

C'était vrai. Si Palomino avait des ennemis, s'il avait reçu des menaces, si on l'avait entendu se disputer ou se battre avec quelqu'un, si elle connaissait une personne capable de lui vouloir du mal, s'il lui avait dit qu'il pensait s'échapper de la base. La femme avait répondu docilement à toutes les ques-

21

tions : non, personne, jamais. Mais c'était vrai, le lieutenant n'avait pas pensé à lui demander si son petit faisait son service parce qu'on l'avait appelé sous les drapeaux ou comme volontaire.

— Ainsi donc ça lui plaisait, la vie militaire? s'étonna Lituma.

L'idée qu'il s'était faite du chanteur de boléros était fausse, par conséquent.

— C'est ce que je ne comprends pas, sanglota Doña Asunta. Pourquoi tu as fait ça, mon petit? Toi militaire? Toi, toi! Et là-bas, à Talara? Les avions tombent, tu veux me tuer de peur? Comment as-tu pu faire une chose comme ça, sans me consulter. Parce que si j'avais demandé ton avis, ma petite maman, tu m'aurais dit non. Mais alors pourquoi, Palomino? Parce que j'ai besoin d'aller à Talara. C'est une question de vie ou de mort, maman.

« Plutôt de mort », pensa Lituma.

— Et pourquoi était-ce une question de vie ou de mort pour votre petit d'aller à Talara, madame?

— C'est ce que je n'ai jamais su, se signa pour la quatrième ou cinquième fois Doña Asunta. Il n'a pas voulu me le dire et il a emporté son secret au ciel. Hélas! hélas! Pourquoi tu m'as fait ça, Palomino?

Une chevrette brune à raies blanches avait passé la tête par la pièce et regardait la femme de ses grands yeux compatissants. Une ombre l'emporta en tirant sur la corde à laquelle elle était attachée.

— Il avait bien dû le regretter peu de temps après s'être engagé, imagina Lituma. Quand il découvrit que la vie militaire n'était pas pain bénit et que les petites femmes ne lui tombaient pas dans les bras, comme il l'avait peut-être cru. Mais à l'inverse quelque chose de très, très chiant. C'est pourquoi il avait dû déserter. Ça, au moins, je le comprends. Ce qu'on ne comprend pas c'est pourquoi on l'a tué. Et d'une façon aussi barbare.

Il avait pensé à voix haute, mais Doña Asunta ne semblait pas l'avoir remarqué. Donc il s'était engagé pour quitter Piura, car c'était pour lui une question de vie ou de mort. Quelqu'un avait dû le menacer ici dans la ville et il avait dû penser qu'il serait en sécurité à Talara, à l'intérieur d'une base aérienne. Mais incapable de supporter la vie militaire, il avait déserté. Celui ou ceux qu'il avait fuis l'avaient retrouvé et tué. Mais pourquoi de cette façon? Il faut être fou ou être des monstres pour torturer de la sorte un gars qui était encore presque un gamin. Beaucoup entraient dans l'armée par chagrin d'amour, aussi. C'était peut-être une déception amoureuse. Il avait dû s'éprendre d'une fille qui l'avait envoyé sur les roses, ou l'avait trompé, et, meurtri dans son cœur, il avait décidé de prendre le large? Où ça? A Talara. Comment? en s'engageant dans l'armée de l'Air. Cela semblait plausible et en même temps invraisemblable. Il se gratta à nouveau le cou, nerveusement.

– Pourquoi êtes-vous venu chez moi? lui demanda Doña Asunta à brûle-pourpoint.

Il se sentit dans une position fausse. Qu'était-il donc venu faire? Rien, c'était de la pure curiosité, malsaine.

– Je voulais savoir si vous pouviez me mettre sur une piste, balbutia-t-il.

Doña Asunta le regardait d'un air fâché et le

23

gendarme pensa : « Elle s'est rendu compte que je lui mentais. »

– Vous m'avez gardée dans les trois heures là-bas et je vous ai dit ce que je savais, murmura-t-elle l'air affligé. Qu'est-ce que vous voulez de plus? Quoi d'autre? Croyez-vous par hasard que je sais qui a tué mon fils?

– Ne vous fâchez pas, madame, s'excusa Lituma. Je ne veux pas vous importuner, je m'en vais. Merci bien de m'avoir reçu. Nous vous aviserons s'il y a du nouveau.

Il se leva, murmura « bonne nuit » et sortit, sans lui donner la main, car il craignait que Doña Asunta ne la dédaignât. Il mit son képi n'importe comment. Après avoir fait quelques pas dans la ruelle terreuse de Castilla, sous les étoiles brillantes et innombrables, il retrouva son calme. On n'entendait plus la lointaine guitare; seulement les cris perçants des gosses, se disputant ou jouant, le bavardage des familles à la porte de leur maison et quelques aboiements. Que t'arrive-t-il? pensa-t-il. Pourquoi es-tu si impulsif? Pauvre petit. Il ne serait plus le caïd des Mangaches tant qu'il n'aurait pas compris comment il pouvait y avoir sur terre des gens aussi méchants. Surtout que, selon toute hypothèse, la victime semblait avoir été un bon petit gars, incapable de faire du mal à une mouche.

Il parvint au vieux pont et, au lieu de le traverser, pour revenir en ville, il entra dans le Ríobar, construit en bois sur la structure même du très vieux pont qui unissait les deux rives du Piura. Il sentait sa gorge sèche et sa langue râpeuse. Le Ríobar était vide.

Dès qu'il s'assit sur le tabouret, il vit s'approcher de lui Moisés, le patron du bistrot, avec ses grandes oreilles décollées. On l'appelait Jumbo.

— Je ne m'habitue pas à te voir en uniforme, Lituma, blagua-t-il en lui tendant un jus de lucuma. Tu as l'air déguisé. Et les indomptables?

— Ils sont allés voir une comédie mexicaine, dit Lituma en buvant avidement. Je dois retourner à Talara sur-le-champ.

— Quelle sale histoire celle de Palomino Molero, dit Moisés en lui offrant une cigarette. C'est vrai qu'on lui a coupé les couilles?

— On les lui a pas coupées, on les lui a décrochées, murmura Lituma, ennuyé.

C'était la première chose qu'ils voulaient tous savoir. Maintenant Moisés aussi allait faire des plaisanteries sur les couilles du petit gars.

— Bon, c'est la même chose.

Jumbo remua ses immenses oreilles comme s'il s'agissait des ailes d'un grand insecte. Il avait aussi le nez fort et le menton en galoche. Un vrai phénomène.

— Tu as connu ce garçon? demanda Lituma.

— Et toi aussi, j'en suis sûr. Tu ne te souviens pas de lui? Les petits Blancs l'engageaient pour pousser la chansonnette. Ils le faisaient chanter dans des fêtes, aux processions, au club Grau. Il chantait un peu comme Leo Marini, je te jure. Tu as dû le connaître, Lituma.

— Tout le monde me le dit. Les León et Josefino racontent que nous étions ensemble un soir qu'on l'avait fait chanter chez la Chunga. Mais je ne me rappelle pas.

Il ferma à demi les yeux et, une fois de plus, revit cette série de soirées, si semblables, autour d'une petite table en bois hérissée de bouteilles, dans la fumée qui brûlait les yeux, l'odeur de l'alcool, les voix éraillées des ivrognes, des silhouettes confuses et des cordes de guitare jouant des valses et des tonderos. Distinguait-il, soudain, dans le tumulte de ces nuits, la voix juvénile, bien timbrée, caressante, qui poussait à danser, à enlacer une femme, à lui murmurer de jolies choses ? Non, elle n'affleurait nullement à sa mémoire. Ses cousins et Josefino se trompaient. Il n'y était pas, il n'avait jamais entendu chanter Palomino Molero.

— Avez-vous su qui étaient les assassins ? dit Moisés en rejetant la fumée par le nez et la bouche.

— Pas encore, dit le gendarme. Étais-tu ami avec lui ?

— Il venait parfois boire un jus, répondit Moisés. On n'était pas vraiment de grands amis, mais on bavardait.

— Était-il joyeux, causeur ? Ou plutôt réservé, antipathique ?

— Silencieux et timide, dit Moisés. Un romantique, une sorte de poète. Dommage qu'on l'ait pris à l'armée, ce qu'il a dû souffrir avec la discipline de la caserne.

— On ne l'a pas pris, il était exempté, dit Lituma en savourant les dernières gouttes de son jus de lucuma. Il était volontaire. Sa mère ne le comprend pas. Et moi non plus.

— Ce sont les choses que font les amants déçus, remua les oreilles Jumbo.

26

– C'est ce que je pense aussi, acquiesça Lituma. Mais cela ne nous dit pas qui l'a tué et pourquoi.

Un groupe d'hommes entra au Ríobar et Moisés alla les servir. C'était l'heure d'aller chercher le camionneur de l'International afin qu'il le ramenât à Talara, mais il se sentait les jambes molles. Il ne bougea pas. Il voyait le petit gars accordant sa guitare, il le voyait dans la pénombre des rues où vivaient les Blancs de Piura, au bas des grilles et des balcons de leurs fiancées et leurs amoureuses, les charmant de sa jolie voix. Il le voyait, ensuite, recevant les pourboires qu'on lui donnait pour la sérénade. Avait-il acheté sa guitare en économisant sur ces pourboires pendant de longs mois? Pourquoi était-ce pour lui une question de vie ou de mort de se rendre à Piura?

– Maintenant je me rappelle que oui, dit Moisés, en agitant furieusement ses oreilles.

– Oui quoi?

Lituma posa sur le comptoir l'argent du jus de lucuma.

– Qu'il était amoureux jusqu'au cou. Il m'en avait touché un mot. Un amour impossible. C'est ce qu'il m'a dit.

– Une femme mariée?

– Qu'est-ce que j'en sais, Lituma? Il y a beaucoup d'amours impossibles. S'éprendre d'une bonne sœur, par exemple. Mais je me rappelle très bien ce qu'il m'a dit une fois. Pourquoi as-tu l'air si sombre, petit gars? Parce que je suis amoureux, Moisés, et mon amour est impossible. C'est pour ça qu'il s'est engagé dans l'armée de l'Air, donc.

– Il ne t'a pas dit pourquoi son amour était impossible? Ni de qui il s'agissait?

Moisés fit non de la tête et des oreilles en même temps :

– Seulement qu'il la voyait en cachette. Et qu'il lui donnait la sérénade de loin, la nuit.

– Je vois, dit Lituma.

Il imagina le petit gars s'enfuyant de Piura par crainte d'un mari jaloux qui l'avait menacé de lui faire la peau. « Si nous savions de qui il était amoureux et pourquoi cet amour était impossible, cela nous aiderait beaucoup. » Peut-être la férocité avec laquelle on l'avait massacré tenait à cette explication : la rage d'un mari jaloux.

– Si cela peut t'aider, je peux te dire que son petit cœur vivait du côté de l'aéroport, ajouta Moisés.

– De l'aéroport?

– Un soir on bavardait ici même; Palomino Molero était assis là où tu es. Il entendit un de mes amis dire qu'il s'en allait à Chiclayo et il lui demanda s'il pouvait le déposer à l'aéroport. Et que vas-tu faire à l'aéroport à cette heure, petit gars? « Je vais donner une sérénade à mon petit cœur, Moisés. » Ce qui prouve bien qu'elle vivait de ce côté-là.

– Mais personne ne vit par là-bas, Moisés, il n'y a que du sable et des caroubiers.

– Réfléchis un peu, Lituma, secoua ses oreilles Jumbo. Cherche, cherche.

– Vraiment, se gratta la nuque le gendarme. Là-bas, de ce côté-là, il n'y a que la base aérienne, les maisons des aviateurs.

III

— Oui, oui, les maisons des aviateurs, répéta le lieutenant Silva. C'est une piste. Maintenant ce fils de pute ne pourra pas dire que nous lui faisons perdre son temps.

Mais Lituma se rendit compte que le lieutenant, bien qu'il poursuivît sa conversation et lui parlât de son rendez-vous avec le commandant de la base aérienne, était corps et âme concentré sur les jupes voltigeantes de Doña Adriana qui balayait le local. Ses mouvements rapides, désinvoltes soulevaient en mesure sa jupe arrondie au-dessus de ses genoux, laissant entrevoir sa grosse cuisse, ses chairs fermes, et quand elle se penchait pour ramasser les ordures, ils découvraient la naissance de ses seins, libres et orgueilleux sous la percale légère. Les petits yeux de l'officier ne perdaient pas un seul geste de la propriétaire de ce troquet et brillaient d'un éclat lubrique. Pourquoi Doña Adriana mettait-elle le lieutenant Silva dans un tel état d'excitation? C'est ce que Lituma ne comprenait pas. Le lieutenant était jeune et beau gosse, le teint presque blanc, avec une petite moustache blonde et des lunettes de soleil qu'il ôtait rarement ; n'importe quelle fille de Talara, il l'aurait mise dans sa poche. Mais lui ne s'intéressait qu'à Doña Adriana. Il l'avait avoué à Lituma : « Cette grosse pépée me rend fou, putain. » Qui pouvait comprendre ça ? Elle avait quasiment l'âge d'être sa mère, avec des cheveux gris et raides, et par-dessus le marché elle était grosse avec des rondeurs partout, comme qui dirait des « michelins ». Elle était mariée à Matías, un pêcheur qui était en mer toute la nuit et dormait le jour. L'arrière-boutique de son établissement était son foyer. Ils avaient plusieurs enfants, déjà grands et qui se débrouillaient tout seuls ; deux d'entre eux travaillaient comme ouvriers à l'International Petroleum Company.

– Si vous continuez à regarder comme ça Doña Adriana, mon lieutenant, vos yeux vont s'user. Mettez au moins vos verres fumés.

– C'est qu'elle est de mieux en mieux, murmura l'officier sans écarter son regard du balai entre les mains de Doña Adriana. – Il frotta l'anneau doré de sa chevalière contre son pantalon et ajouta : – Je ne sais pas ce qu'elle fait, mais il n'y a pas de doute, elle est chaque jour plus belle et désirable.

En attendant le taxi, ils avaient commandé un bol de lait de chèvre et un sandwich au fromage. Le colonel Mindreau leur avait dit à huit heures et demie. Ils étaient les seuls clients de la petite pension, une chétive armature de roseaux, de tôle et de nattes, avec des étagères pleines de bouteilles, de conserves et de boîtes en fer, des petites tables boiteuses et, dans un coin, le fourneau à pétrole sur lequel Doña Adriana faisait la cuisine de ses pensionnaires. Par une ouverture dans le mur, sans porte, on voyait au fond la petite chambre où dormait Matías après sa nuit en haute mer.

— Vous ne savez pas tous les compliments que le lieutenant a faits sur vous tandis que vous balayiez, Doña Adriana, dit Lituma d'un sourire mielleux. — La maîtresse des lieux venait vers eux en roulant des hanches, le balai à la main. — Il dit que malgré vos années et vos petits kilos en trop, vous êtes la femme la plus désirable de Talara.

— Je le dis parce que je le pense, compléta le lieutenant Silva d'un air conquérant. Et en plus c'est vrai. Madame ne le sait que trop.

— Au lieu de dire des bêtises à une mère de famille, il ferait mieux de faire son boulot, votre lieutenant, soupira Doña Adriana en s'asseyant sur un banc près du comptoir et en prenant un air affligé. Dites-lui qu'au lieu d'importuner des femmes mariées, il recherche les assassins de ce garçon.

— Si je les trouve, quoi? — Le lieutenant claqua la langue avec obscénité. — M'accorderez-vous une petite nuit en récompense? A ce prix-là je les trouve et je les mets poings liés à vos pieds, je le jure.

« Il le dit comme s'il bandait déjà », pensa Lituma. Le petit jeu du lieutenant l'avait bien amusé, mais il se rappela le petit gars à la guitare et sa joie s'évanouit. Si cette tête de mule de colonel Mindreau coopérait, cela serait plus facile. Si lui, qui devait avoir des informations, des rapports, qui

31

pouvait interroger le personnel de la base, voulait bien donner un petit coup de main, une piste apparaîtrait sûrement qui leur ferait coffrer ces enfants de putain. Mais le colonel Mindreau était un égoïste. Pourquoi refusait-il de les aider? Parce que les aviateurs se croyaient des princes au sang bleu. Ils n'avaient que dédain pour les gendarmes de la Garde Civile qu'ils considéraient comme des moins que rien.

— Bas les pattes, espèce d'effronté, ou je réveille Matías, se fâcha Doña Adriana, en le bousculant. – Elle avait tendu un paquet d'Inca au lieutenant Silva qui en avait profité pour lui saisir la main. – Allez donc peloter votre bonniche, petit voyou, pas une mère de famille.

Le lieutenant la lâcha, pour allumer sa cigarette, et Doña Adriana sentit sa colère tomber. Il en allait toujours ainsi : elle s'enflammait à la moindre privauté de langage ou de geste, mais au fond, peut-être bien que cela lui plaisait. « Elles sont toutes un peu putes », pensa Lituma, déprimé.

— Au village on ne parle pas d'autre chose, dit Doña Adriana. J'y vis depuis que je suis née et jamais au grand jamais je n'ai vu de ma vie à Talara tuer quelqu'un avec cette férocité. Chez nous les gens se tuent comme il faut, en combattant d'égal à égal, d'homme à homme. Mais comme ça, en crucifiant, en torturant, jamais de la vie. Et vous, vous ne faites rien, vous n'avez pas honte?

— Nous faisons, ma petite mère, répondit le lieutenant Silva. Mais le colonel Mindreau ne fait rien pour nous aider. Il ne me laisse pas interroger les

32

compagnons de Palomino Molero, alors qu'ils doivent bien savoir quelque chose. Par sa faute, on piétine. Mais on découvrira la vérité, tôt ou tard.

– Je plains la mère de ce pauvre garçon, soupira Doña Adriana. Le colonel Mindreau se prend pour le roi des Romains, il suffit de le voir se pavaner au village en donnant le bras à sa fille. Il ne salue ni ne regarde. Et elle est pire encore. Quelle prétention!

Il n'était pas encore huit heures et le soleil brûlait déjà. Des rayons dorés traversaient les claies et filtraient par les jointures des roseaux et des tôles. La gargote semblait transpercée par ces javelines lumineuses où flottaient des corpuscules de poussière et voletaient des dizaines de mouches. Il n'y avait pas grand monde dans la rue. Lituma pouvait entendre, feutrées, les vagues déferler et le murmure du ressac. La mer était toute proche et son odeur imprégnait l'air. C'était une odeur riche, qui faisait du bien, mais trompeuse, parce qu'elle suggérait des plages soignées, aux eaux transparentes, alors que la mer à Talara était toujours imprégnée de résidus de pétrole et des déchets des bateaux du port.

– Matías dit que le garçon avait une voix divine, que c'était un artiste, s'écria Doña Adriana.

– Don Matías connaissait Palomino Molero? demanda le lieutenant.

– Il l'avait entendu chanter un soir ou deux, tandis qu'il préparait ses filets, dit Doña Adriana.

Le vieux Matías Querecotillo et ses deux aides chargeaient les filets et les appâts sur *Le Lion de*

Talara quand ils furent soudain distraits par des accords de guitare. La lune avait un éclat si lumineux qu'il n'était pas nécessaire d'allumer la lanterne pour voir que ce petit groupe d'hommes sur la plage était composé d'une demi-douzaine de militaires. Ils fumaient assis sur le sable, entre les barques. Quand le garçon se mit à chanter, Matías et ses aides laissèrent les filets et s'approchèrent. Il avait une voix chaude, avec des inflexions qui donnaient des frissons dans le dos et envie de pleurer. Il chanta *Corazones* et quand il eut fini, ils l'applaudirent. Matías Querecotillo lui demanda la permission de lui serrer la main. « Vous m'avez rappelé ma jeunesse, le félicita-t-il. Et cela m'a rendu triste. » C'est là qu'il avait appris que Palomino Molero était du dernier contingent, originaire de Piura. « Tu pourrais chanter à radio Piura, Palomino », dit l'un des troufions, d'après Matías. Depuis, ce dernier l'avait vu une autre fois, sur la même plage, entre les barques sur le sable, au moment d'aller appareiller *Le Lion de Talara*. Et là encore, il s'était interrompu dans son travail pour l'entendre.

— Si Matías a fait cela et le lui a dit, sans aucun doute ce garçon avait une voix d'ange, assura Doña Adriana. Parce que Matías n'est pas un type à s'émouvoir, il est plutôt du genre froid.

« Elle lui a tendu la perche », pensa Lituma et, en effet, le lieutenant se pourlécha les lèvres comme un matou :

— Vous voulez dire qu'il ne sort plus ses griffes, Doña Adriana ? Mais moi je pourrais vous réchauffer, si vous voulez. Je suis du genre charbon ardent.

– Je n'ai pas besoin qu'on me réchauffe, se mit à rire Doña Adriana. Quand il fait froid, je glisse des bouillottes dans mon lit.

– La chaleur humaine est meilleure, ma petite mère, ronronna le lieutenant Silva, en gonflant ses lèvres en direction de Doña Adriana, comme s'il voulait la sucer.

Là-dessus Don Jerónimo surgit pour les chercher. Il ne pouvait avec son taxi arriver jusqu'à la gargote, parce que la rue était une sablière où il se serait vite enlisé, si bien qu'il avait laissé sa Ford sur la route, à quelque cent mètres. Le lieutenant Silva et le gendarme signèrent le bon pour le petit déjeuner et prirent congé de Doña Adriana. Dehors le soleil cognait impitoyablement. Il n'était que huit heures et quart, et pourtant il faisait une chaleur de midi. Dans la clarté aveuglante, les choses et les personnes semblaient à tout moment sur le point de se dissoudre.

– On cause beaucoup à Talara, dit Don Jerónimo tandis qu'ils avançaient en enfonçant leurs pieds dans le sol meuble. Trouvez ces assassins ou vous serez lynchés, lieutenant.

– Eh bien! qu'on me lynche, répondit ce dernier en haussant les épaules. Je jure que ce n'est pas moi qui l'ai tué.

– On dit bien des choses là-bas, cracha Don Jerónimo lorsqu'ils regagnèrent le taxi. Vos oreilles ont dû vous siffler, non?

– Je n'ai jamais les oreilles qui sifflent, rétorqua le lieutenant. Et qu'est-ce qu'on dit donc?

– Que vous étouffez l'affaire parce que les assassins sont du gros gibier. – Don Jerónimo donnait de la manivelle pour mettre en marche le moteur. Il répéta, en faisant un clin d'œil : – N'est-ce pas qu'il y a du gros gibier, mon lieutenant?

– Je ne sais s'il est gros ou menu, ni s'il y a du gibier ou des fauves. – Le lieutenant s'assit à l'avant. – Mais on les baisera pareil. Sachez, Don Jerónimo, que le lieutenant Silva leur pisse tous à la raie. Et maintenant, allez-y pleins gaz, je ne veux pas être à la bourre chez le colonel.

Assurément le lieutenant était un homme droit et c'est pourquoi Lituma avait pour lui, outre de l'estime, de l'admiration. Il était fort en gueule, porté sur le verbe haut et la boisson, et lorsqu'il s'agissait de la grosse buvetière, il perdait les pédales. Cela dit, Lituma, tout le temps qu'il travaillait sous ses ordres, l'avait toujours vu s'efforcer, dans tous les conflits, toutes les affaires qui arrivaient à la gendarmerie, de rendre justice. Et sans jamais faire de préférence.

– Jusqu'à présent qu'avez-vous découvert, mon lieutenant?

Don Jerónimo appuyait sur l'avertisseur, mais les gosses, les chiens, les cochons, les mulets et les chèvres qui traversaient devant le taxi ne se pressaient pas le moins du monde.

– Pas même la moitié d'une crotte, admit le lieutenant en faisant la moue.

– C'est peu de chose, se moqua le taxi.

Lituma entendit son chef répéter ce qu'il lui avait dit ce matin :

– Mais aujourd'hui nous découvrirons quelque chose, je le sens.

Ils atteignaient le bout de l'agglomération et l'on apercevait, à droite et à gauche, les tours de forage des puits de pétrole hérissant la terre pelée et caillouteuse. Les toits de la base aérienne scintillaient au loin. « Au moins quelque chose, espérons-le », se dit Lituma, comme en écho. Arriveraient-ils à savoir un jour qui avait tué le petit gars et pourquoi ? Plus qu'une nécessité de justice ou de vengeance, il se sentait curieux, avide de voir le visage des assassins, d'écouter les motifs qu'ils avaient eus de faire ce qu'ils avaient fait à Palomino Molero.

Au poste de police de la base, l'officier de service les examina de haut en bas, comme s'il ne les connaissait pas. Et il les fit poireauter sous le soleil brûlant, sans penser même à les faire entrer dans le bureau, à l'ombre. Tandis qu'ils attendaient, Lituma jeta un œil autour de lui. Putain, les veinards ! Vivre et travailler dans un lieu pareil ! A droite s'alignaient les maisons des officiers, toutes semblables, en bois, bâties sur pilotis, peintes en bleu et en blanc, avec de petits jardins aux géraniums bien soignés et de la toile métallique aux portes et fenêtres contre les insectes. Il vit des femmes avec des enfants, des filles arrosant les fleurs, il entendit des rires. Les aviateurs vivaient presque aussi bien que les gringos de l'International, nom de Dieu ! De voir tout si propre et si bien entretenu, cela faisait envie. Ils avaient même leur piscine, là, derrière les maisons. Lituma ne l'avait jamais vue mais il se l'imagina, pleine de femmes et de jeunes filles en maillot de bain, prenant le soleil et faisant trempette. A gauche se trouvaient les dépendances, les hangars, les bureaux et, au fond, la piste. Il y avait plusieurs avions parqués en triangle. « Quelle vie de pachas », pensa-t-il. Comme les gringos de l'International, ceux-ci, derrière leurs murs et leurs grilles, vivaient tout comme au cinéma. Et gringos et aviateurs pouvaient se regarder face à face par-dessus la tête des gens de Talara qui grillaient au soleil là en bas dans l'agglomération, entassés au bord de la mer sale et graisseuse. Car, depuis la base, en survolant Talara, on apercevait sur un promontoire rocheux, derrière des grillages, protégées jour et nuit par des gardiens armés, les maisonnettes des ingénieurs, techniciens et cadres de l'International. Eux aussi avaient leur piscine, avec plongeoirs et tout, et au village on disait que leurs bonnes femmes se baignaient à moitié nues.

Enfin, après une longue attente, le colonel Mindreau les fit entrer dans son bureau. Tandis qu'ils s'y rendaient, au milieu des officiers et des soldats, Lituma se dit en un éclair : « Certains d'entre eux savent ce qui s'est passé, nom de Dieu ! »

– Je vous en prie, leur dit le colonel sans se lever.

Sur le seuil de la porte, ils claquèrent des talons, puis avancèrent jusqu'au milieu de la pièce. Sur le bureau il y avait un petit drapeau péruvien, un calendrier, un agenda, des dossiers, des crayons et plusieurs photos du colonel Mindreau avec sa fille et de cette dernière toute seule. Une adolescente au visage allongé et insolent, très sérieuse. Tout était rangé avec un ordre méticuleux, aussi bien les armoires, les diplômes que la grande carte du Pérou qui servait de toile de fond à la silhouette du chef de la base aérienne de Talara. Le colonel Mindreau était un homme de petite taille, trapu, les tempes dégarnies jusqu'à mi-crâne et une moustache fine poivre et sel, taillée au millimètre. Il donnait la même impression soignée que son bureau. Il les observait de ses petits yeux gris et acérés, sans la moindre trace de bienvenue.

— En quoi puis-je vous être utile? murmura-t-il avec une politesse que son air glacial contredisait.

— Nous venons à nouveau pour l'assassinat de Palomino Molero, répondit le lieutenant, très respectueusement. Pour solliciter votre concours, mon colonel.

— Est-ce que je n'ai pas déjà collaboré? le coupa le colonel Mindreau. — Dans sa petite voix il y avait comme un fond de moquerie. — N'étiez-vous pas dans ce même bureau voici trois jours? Si vous avez perdu le mémorandum que je vous ai donné, j'en conserve une copie.

Il ouvrit rapidement un dossier qu'il avait devant lui, en sortit un petit papier qu'il lut, d'une voix atone :

« Molero Sánchez, Palomino. Né à Piura le 13 février 1936, fils légitime de Doña Asunta Sánchez et de Don Teófilo Molero, décédé. Instruction primaire complète et secondaire jusqu'à la fin de la troisième au collège national San Miguel, de Piura. Classe 1953. Il a commencé son service national à la base aérienne de Talara le 15 janvier 1954, dans la troisième compagnie où, sous le commandement du lieutenant Adolfo Capriata, il a suivi le peloton d'instruction en même temps que les autres recrues. Il a disparu de la base dans la nuit du 23 au 24 mars, en ne regagnant pas sa compagnie après une permission d'un jour. Il a été déclaré déserteur et les autorités compétentes en ont été informées. »

Le colonel se racla la gorge et regarda le lieutenant Silva :

– En voulez-vous une copie?

« Pourquoi nous détestes-tu? pensa Lituma. Et pourquoi es-tu si despotique, putain de ta mère? »

– Ce n'est pas nécessaire, mon colonel, sourit le lieutenant Silva. Le mémorandum ne s'est pas perdu.

– Alors quoi? s'impatienta le colonel en dressant le sourcil. Qu'attendez-vous de moi? Le mémorandum consigne tout ce que nous savons de Palomino Molero. J'ai moi-même procédé à l'enquête, auprès des officiers, hommes de troupe et mécanos de sa compagnie. Personne ne l'a vu et personne ne sait qui a pu le tuer ni pourquoi. Mes supérieurs ont reçu un rapport détaillé et ils en sont satisfaits. Vous non, apparemment. Eh bien! c'est votre problème. Le personnel de la base est net et sans bavures dans cette affaire et il n'y a plus rien à vérifier parmi nous. C'était un garçon silencieux qui ne parlait à personne, qui restait dans son coin. Apparemment il n'avait ni amis ni ennemis à la base. Assez faiblard au peloton, à ce qu'on dit. C'est

40

pour cela qu'il a déserté peut-être. Cherchez ailleurs, voyez ceux qui le connaissaient au village, ceux qu'il fréquentait depuis sa désertion jusqu'au moment de sa mort. Ici vous perdez votre temps, lieutenant. Et je ne peux me payer le luxe de perdre le mien.

Son chef se laisserait-il intimider par le ton péremptoire, cassant, du colonel Mindreau? Allait-il se retirer? Mais Lituma vit que son chef ne bougeait pas.

– Nous ne serions pas venus vous embêter si nous n'avions eu une raison, mon colonel.

Le lieutenant restait au garde-à-vous et parlait d'un ton tranquille, sans hâte.

Les petits yeux gris battirent des paupières, une fois, et son visage s'essaya à sourire.

– Il fallait commencer par là, alors.

– Le sergent Lituma a enquêté à Piura, mon colonel.

Lituma eut l'impression que le chef de la base rougissait. Il se sentait de plus en plus mal à l'aise et il lui sembla qu'il n'arriverait jamais à exposer un rapport dans les règles à une personne aussi hostile. Mais, presque en s'étranglant, il parla. Il raconta qu'à Piura il avait appris que Palomino Molero s'était soumis au service militaire sans nulle obligation de le faire, parce que, selon sa mère, c'était pour lui une affaire de vie ou de mort que de quitter la ville. Il marqua une pause. L'écoutait-il? Le colonel examinait, mi-ennuyé mi-bienveillant, une photo qui représentait sa fille au milieu de dunes et de caroubiers. A la fin il le vit se tourner vers lui :

41

– Qu'est-ce que cela veut dire une affaire de vie ou de mort?

– Nous pensions qu'il l'avait peut-être expliqué ici, en se présentant, intervint le lieutenant. Qu'il avait probablement dit pourquoi il devait quitter si précipitamment Piura.

Jouait-il au con, son chef? Ou bien les façons du colonel le rendaient-elles aussi nerveux que lui?

Le chef de la base promena ses yeux sur le visage de l'officier, comme s'il comptait ses boutons. Les joues du lieutenant Silva devaient brûler sous pareil regard. Mais il ne manifestait pas la moindre émotion; il attendait, inexpressif, que le colonel daignât lui parler.

– N'avez-vous pas pensé une seule fois que si nous avions su une telle chose, nous l'aurions consignée dans notre mémorandum? articula-t-il comme si ses interlocuteurs ne connaissaient pas sa langue ou étaient des triples crétins. N'avez-vous pas pensé que si nous, ici à la base, nous avions appris que Palomino Molero se sentait menacé et pourchassé par quelqu'un, nous en aurions aussitôt fait part à la police ou à la justice?

Il dut se taire, parce qu'un moteur d'avion se mit à ronfler tout près. Le bruit s'enfla, s'accrut au point que Lituma crut que ses tympans allaient éclater. Mais il n'osa pas se boucher les oreilles.

– Le sergent Lituma a aussi constaté autre chose, mon colonel, dit le lieutenant comme le bruit des hélices décroissait.

Imperturbable, il semblait n'avoir pas entendu les questions du colonel Mindreau.

– Ah, oui? dit celui-ci en penchant la tête vers Lituma. Et quoi donc?

Lituma s'éclaircit la gorge avant de répondre. L'expression sardonique du colonel le laissait sans voix.

– Palomino Molero était très amoureux, balbutia-t-il. Et il semble que...

– Pourquoi bégayez-vous? lui demanda le colonel. Qu'est-ce que vous avez?

– Ce n'étaient pas des amours très catholiques, murmura Lituma. C'est peut-être pour cela qu'il s'était enfui de Piura. C'est-à-dire...

Le visage du colonel, de plus en plus revêche, le fit se sentir idiot et lui coupa la chique. Avant de pénétrer dans ce bureau, les conjectures qu'il avait faites la veille lui semblaient convaincantes, et le lieutenant lui avait dit qu'en effet elles étaient de poids. Mais maintenant, devant cette expression sceptique, sarcastique du chef de la base aérienne il se sentait incertain et il en avait même honte.

– En d'autres termes, mon colonel, il se pourrait que Palomino Molero ait été pris sur le fait par un mari jaloux qui aurait menacé de le tuer, vint à son secours le lieutenant Silva. Et c'est pourquoi ce garçon se serait engagé ici.

Le colonel les considéra l'un et l'autre, silencieux, pensif. Quelle bêtise allait-il leur sortir?

– Qui est ce mari jaloux? dit-il enfin.

– C'est ce que nous aimerions savoir, répliqua le lieutenant Silva. Si on le savait, on saurait un tas de choses.

– Et est-ce que vous vous imaginez que je suis au

43

courant des amourettes des centaines de soldats et hommes de troupe qu'il y a sur cette base? articula à nouveau, avec des pauses infinies, le colonel Mindreau.

– Vous peut-être pas, mon colonel, s'excusa le lieutenant. Mais nous avons pensé que quelqu'un de la base, sans doute, un compagnon de chambre de Palomino Molero, quelque instructeur, quelqu'un.

– Personne ne sait rien de la vie privée de Palomino Molero, l'interrompit à nouveau le colonel. Je m'en suis rendu compte moi-même. C'était un introverti, il ne parlait à personne de ces choses. Est-ce que cela ne figure pas au mémorandum, des fois?

Lituma eut alors l'intuition que le colonel se fichait et se contrefichait du malheur du petit gars. Ni maintenant ni auparavant il n'avait manifesté la moindre émotion devant ce crime. En ce moment même il parlait du malheureux soldat comme d'une personne insignifiante, avec un mépris mal dissimulé. Était-ce parce qu'il avait déserté trois ou quatre jours avant d'être assassiné? Antipathique, le chef de la base avait en outre la réputation d'être un monstre de droiture, un maniaque du règlement. Comme le petit gars, sûrement accablé par la discipline et la réclusion, s'était enfui, le colonel le tenait pour un réprouvé. Il devait même penser qu'un déserteur avait bien mérité ce qui lui était arrivé.

– C'est que, mon colonel, on pense que Palomino Molero avait une liaison avec quelqu'un de la base aérienne de Piura, poursuivit le lieutenant Silva.

44

Il vit, presque en même temps, rougir les joues pâles et bien rasées du colonel. Son expression s'aigrit et s'enflamma. Mais il ne réussit pas à dire ce qu'il était sur le point de dire parce que la porte s'ouvrit soudain et Lituma aperçut dans l'encadrement, se détachant sur la clarté neigeuse du couloir, la fille de la photo. Elle était toute mince, plus encore que sur les clichés, avec des cheveux courts et frisés et un petit nez retroussé et impertinent. Elle portait un chemisier blanc, une jupe bleue, des tennis aux pieds et avait l'air d'aussi mauvaise humeur que son père.

— Je m'en vais, dit-elle sans entrer dans le bureau et sans même faire un signe de politesse au lieutenant et à Lituma. Le chauffeur me conduit ou est-ce que je prends le vélo?

Il y avait dans sa façon de dire les choses un ennui contenu, comme lorsque parlait le colonel Mindreau. « Tel père telle fille », pensa le gendarme.

— Et où ça, fifille? se radoucit sur-le-champ le chef de la base.

« Non seulement il ne la gronde pas d'interrompre ainsi une réunion, de ne pas dire bonjour, de lui parler aussi grossièrement, pensa Lituma, mais par-dessus le marché il prend une voix de tourterelle roucouleuse. »

— Je te l'ai déjà dit ce matin, rétorqua aigrement la jeune fille. A la piscine des gringos, celle d'ici ne sera pas remplie avant jeudi, as-tu oublié? Le chauffeur me conduit ou est-ce que je prends le vélo?

45

– Le chauffeur te conduira, Alicia, bêla le colonel. Mais qu'il revienne tout de suite après, car j'ai besoin de lui. Dis-lui à quelle heure tu veux qu'il passe te reprendre.

La jeune fille claqua la porte derrière elle et disparut sans dire au revoir. « Ta fille nous venge », pensa Lituma.

– Autrement dit, entreprit de dire le lieutenant, mais le colonel Mindreau l'empêcha de poursuivre.

– Ce que vous avez dit n'a pas de sens, asséna-t-il tandis que ses joues reprenaient leur couleur.

– Pardon, mon colonel?

– Quelles sont les preuves, où sont les témoins? – Le chef de la base se tourna vers Lituma et le scruta comme un insecte. – D'où tirez-vous que Palomino Molero avait une liaison avec une personne de la base aérienne de Piura?

– Je n'ai pas de preuves, mon colonel, balbutia le gendarme, perdant pied. J'ai appris qu'il venait secrètement donner la sérénade dans les parages.

– A la base aérienne de Piura? articula le colonel. Savez-vous qui vit là? Les familles des officiers. Pas celles des hommes de troupe ni des mécanos. Seulement les mères, épouses, sœurs et filles des officiers. Insinuez-vous que ce mécano entretenait une liaison adultère avec l'épouse d'un officier?

Une pourriture de raciste. Voilà ce qu'il était : une pourriture de raciste.

– Ce pourrait être avec une domestique, mon colonel. – Le lieutenant Silva vola au secours de Lituma qui l'en remercia du fond de l'âme tant il se

46

sentait traqué et muet face à la fureur froide de l'aviateur. – Avec une cuisinière ou une bonne d'enfants de la base. Nous ne suggérons rien, nous essayons seulement d'éclaircir ce crime ténébreux, mon colonel. C'est notre devoir. La mort de ce garçon a provoqué un malaise dans tout Talara. Là-bas on jase, on dit que la gendarmerie ne fait rien parce qu'il y a des gros bonnets dans le coup. Nous sommes un peu perdus, aussi nous ne négligeons aucun indice qui se présente. Il ne faut pas le prendre mal, mon colonel.

Le chef de la base acquiesça. Lituma remarqua l'effort qu'il faisait pour dominer sa mauvaise humeur.

– Je ne sais si vous savez que j'ai été chef de la base aérienne de Piura jusqu'à il y a trois mois, dit-il sans presque ouvrir la bouche. J'y ai servi deux ans. Je connais sur le bout des doigts la vie de cette base, parce qu'elle a été mon foyer. Qu'un homme de troupe ait pu avoir une liaison adultère avec l'épouse d'un de mes officiers c'est quelque chose que je ne laisserai pas dire en ma présence, à moins qu'il n'y ait des preuves.

– Je n'ai pas dit qu'il s'agissait de l'épouse d'un officier, osa murmurer Lituma. Il pourrait s'agir d'une domestique, comme l'a dit le lieutenant. N'y a-t-il pas des domestiques mariées à la base? Il allait y donner la sérénade, en cachette. De cela oui, nous avons des preuves, mon colonel.

– Eh bien! trouvez cette domestique, interrogez-la, interrogez son mari sur de prétendues menaces contre la personne de Molero et, s'il avoue, amenez-le-moi. – Le front du colonel brillait d'une sueur qui avait perlé depuis la fugace irruption de sa fille dans son bureau. – Ne revenez plus ici, au sujet de cette affaire, à moins que vous n'ayez quelque chose de concret à me demander.

Il se leva brusquement pour signifier que l'entretien était terminé. Mais Lituma remarqua que le lieutenant Silva ne saluait pas ni ne demandait la permission de se retirer.

– Nous avons quelque chose de concret à vous demander, mon colonel, dit-il sans hésiter. Nous voudrions interroger les compagnons de chambre de Palomino Molero.

De rouge qu'il était, le teint du chef de la base aérienne de Talara redevint livide. Des cernes violacés entourèrent ses petits yeux. « Ce fils de pute, par-dessus le marché il est à moitié fou », pensa Lituma. Pourquoi se mettait-il dans cet état ? Pourquoi ces accès de rage intérieure ?

– Je vais vous l'expliquer une fois encore, puisque apparemment vous ne l'avez pas compris la dernière fois. – Le colonel traînait chaque mot comme s'il pesait plusieurs kilos. – L'institution militaire a ses propres lois, ses tribunaux où ses membres sont jugés et condamnés. On ne vous l'a pas appris à l'école de la gendarmerie ? Eh bien ! je vous l'apprends, moi, maintenant. Quand des délits sont constatés, c'est l'institution militaire elle-même qui mène l'enquête. Palomino Molero est mort dans des circonstances qui ne sont pas encore éclaircies, à l'extérieur de la base, alors qu'il se trouvait en position de désertion. J'ai déjà établi le rapport nécessaire auprès des autorités supérieures. Si cel-les-ci la jugent opportune elles ordonneront une nouvelle enquête, à travers leurs propres organismes. Ou elles transmettront tout le dossier au pouvoir judiciaire. Mais en l'absence d'un ordre de ce genre, du ministre de l'Air ou du commandement suprême des forces armées, aucun gendarme ne violera les lois militaires sur une base sous mon commandement. Est-ce clair, lieutenant Silva? Répondez-moi, est-ce clair?

– Très clair, mon colonel, dit le lieutenant.

Le colonel Mindreau pointa la porte d'un doigt catégorique :

– Alors vous pouvez vous retirer.

Cette fois Lituma vit le lieutenant Silva claquer les talons et demander l'autorisation de se retirer. Dehors, ils mirent leur képi. Bien que le soleil fût plus fort qu'à leur arrivée et l'atmosphère plus oppressante que dans le bureau, Lituma se sentit plus au frais, plus libéré, au contact de l'air libre. Il respira profondément. C'était comme de sortir de prison, nom de Dieu. Ils traversèrent les cours de la base jusqu'au poste de police, silencieux. Le lieutenant Silva se sentait-il aussi abattu et meurtri que lui par la façon dont le chef de la base les avait reçus?

Au poste de police, une nouvelle contrariété les attendait. Don Jerónimo avait filé. Ils n'avaient d'autre solution que de regagner le village à pied. Une heure de marche, au moins, en suant à grosses gouttes et en avalant la poussière.

Ils se mirent à marcher au milieu de la route,

toujours muets, et Lituma pensa : « Après déjeuner, je ferai une sieste de trois heures. » Il avait le pouvoir illimité de dormir à n'importe quelle heure et dans n'importe quelle position, et rien ne le guérissait mieux de ces états d'âme qu'un bon somme. La route serpentait lentement, descendant à Talara par un chemin ocre, sans une seule touffe verte, entre cailloux et rochers de toutes formes et tailles.

Le village était une tache livide et métallique, là en bas, près d'une mer vert plomb, sans vagues. Dans l'intense clarté solaire on distinguait à peine le profil des maisons et des poteaux électriques.

– Quel mauvais quart d'heure il nous a fait passer, hein, mon lieutenant? dit-il en tamponnant son front d'un mouchoir. Je n'ai jamais connu un aussi sale caractère. Croyez-vous qu'il déteste la gendarmerie parce qu'il est raciste ou pour une raison spéciale? Ou est-ce qu'il traite tout le monde avec la même grossièreté? Je vous assure que personne ne m'a fait ravaler autant de salive amère que cet espèce de tordu.

– Conneries, Lituma, dit le lieutenant en frottant sur sa chemise la bague en or massif, avec une pierre rouge, de sa promotion. Pour moi, cette visite à Mindreau a été du tonnerre de Dieu.

– Vous me mettez en boîte, mon lieutenant? Vous avez de la chance d'avoir encore la force de blaguer. En ce qui me concerne à cause de lui, je me retrouve au trente-sixième dessous.

– Tu es encore un bleu, Lituma, dit en riant le lieutenant. Tu as beaucoup à apprendre. Ça a été

une putain de bon Dieu de visite, je t'assure.
Vachement utile.

– Alors je n'ai rien compris, mon lieutenant. Moi
il m'a semblé que le colonel nous roulait dans la
farine, qu'il nous mettait plus bas que terre. Et
est-ce qu'il a accepté ce qu'on était venu lui demander?

– Tu ne te fies qu'aux apparences, Lituma, rit de
plus belle le lieutenant Silva. Pour moi le colonel a
jacassé comme une perruche ivre.

Il se remit à rire, la bouche ouverte, et fit craquer
ses doigts, en les écrasant dans sa paume.

– Avant je croyais qu'il ne savait rien, qu'il
cherchait à nous faire chier avec cette histoire de
lois et sa susceptibilité militaire, expliqua le lieutenant Silva. Maintenant, je suis sûr qu'il sait beaucoup de choses et peut-être bien tout ce qui s'est
passé.

Lituma se tourna pour le regarder. Il devina que
sous les verres fumés les petits yeux de l'officier
étaient, comme son visage et sa voix, de braise.

– Qu'il sait qui a tué Palomino Molero? demanda-t-il. Croyez-vous que le colonel le sait?

– Je ne sais pas ce qu'il sait, mais il sait une
mégachiée de choses, acquiesça le lieutenant. Il
couvre quelqu'un. Pourquoi manifester, autrement,
une telle nervosité? Tu ne t'en es pas rendu compte? Quel piètre observateur tu fais, Lituma, tu n'es
pas digne d'être gendarme. Ces accès de rage, ces
stupidités, que crois-tu que c'était? Des prétextes
pour dissimuler son propre malaise. C'est ainsi,
Lituma. Et ce n'est sûrement pas lui qui nous a fait

chier sur place. C'est nous qui l'avons emmerdé de la tête aux pieds.

Il rit, heureux de vivre, et riait encore quand, un moment après, ils entendirent le bruit d'un moteur. C'était la camionnette aux couleurs bleues de la base aérienne. Le chauffeur stoppa sans qu'on le lui demandât.

– Vous allez à Talara? leur demanda par la portière un tout jeune sous-officier. Montez, nous allons vous y conduire. Vous ici, avec moi, mon lieutenant. Le gendarme peut aller derrière.

Derrière se trouvaient deux troufions qui devaient être mécaniciens, couverts de gras jusqu'au bout du nez. La camionnette était pleine de bidons d'huile, de pots de peinture et de pinceaux.

– Et alors? dit l'un d'eux. Est-ce que vous allez découvrir le pot aux roses ou allez-vous enterrer le crime pour protéger les gros bonnets?

Il y avait dans leur question une grosse rancœur.

– On le découvrirait si le colonel Mindreau nous aidait un tant soit peu, répondit Lituma. Mais non seulement il ne nous aide pas, par-dessus le marché chaque fois que nous venons le voir il nous traite comme du poisson pourri. Est-ce que c'est comme ça avec vous, à la base?

– Ce n'est pas un sale type, dit le soldat. Il est très droit et il fait marcher la base à la baguette. Sa mauvaise humeur c'est sa fille qui en est responsable.

– Elle le traite du bout des lèvres, non? grogna Lituma.

52

– C'est une ingrate, dit l'autre soldat. Parce que le colonel Mindreau a été son père et aussi sa mère. Sa vieille est morte quand elle était encore bébé. Il l'a élevée tout seul.

La camionnette freina devant le poste de gendarmerie. Le lieutenant et Lituma descendirent :

– Si vous ne découvrez pas les assassins, tout le monde va penser que vous vous êtes fait arroser par les grosses légumes, dit en prenant congé le sous-officier.

– Ne t'en fais pas, mon petit, nous sommes sur la bonne route, mâchonna entre ses dents le lieutenant Silva alors que la voiture se perdait déjà dans un nuage de poussière couleur de bière.

IV

La nouvelle du scandale provoqué par le sous-bite au bordel de Talara parvint à la gendarmerie par la bouche d'une des poules. La Loba Marina vint se plaindre que son maquereau la cognait plus fort que d'habitude :

– Avec tous les bleus qu'il me laisse sur le corps, je ne lève plus de clients. Alors je ne fais pas mes sous et il me cogne de nouveau. Expliquez-le-lui, lieutenant Silva. Je fais mon boulot et avec plaisir, il ne comprend pas.

La Loba Marina leur raconta que le sous-bite s'était pointé la veille au bordel, tout seul. Il avait pris une cuite en ingurgitant une flopée de petits verres de pisco qu'il se jetait derrière la cravate comme si c'étaient des verres d'eau. Il ne buvait pas son eau-de-vie en homme qui veut prendre du bon temps mais en cherchant à se saouler vite fait. Quand il fut bourré il ouvrit sa braguette et pissa sur les filles autour de lui, sur des clients et des macs. Puis il grimpa sur le zinc et fit son cirque jusqu'à ce que la police de l'armée de l'Air vînt le cueillir. Liau le Chinetoque essayait de calmer tout le monde pour prévenir les dégâts : « Si vous le frappez, je suis foutu et vous avec, parce qu'ils me feront fermer boutique. Ils sont toujours vainqueurs. »

Le lieutenant Silva ne sembla pas accorder d'importance à l'histoire de la Loba Marina. Le lendemain, tandis qu'ils déjeunaient dans la gargote de Doña Adriana, un client raconta que la veille l'aviateur avait remis cela, mais en pire cette fois, brisant les bouteilles en déclarant qu'il voulait voir les éclats de verre voler dans l'air. A nouveau la police de la base avait dû venir le chercher. Le troisième jour, Liau le Chinetoque lui-même se présenta au poste, en pleurnichant :

— Hier soir il a battu son record. Il a baissé son pantalon et a voulu faire caca sur la piste de danse. Il est fou, mon lieutenant. Il ne vient que pour faire du scandale, comme s'il voulait qu'on lui fasse la peau. Faites quelque chose, parce que sinon je vous jure que quelqu'un va s'en charger. Et moi je ne veux pas avoir d'histoires avec la base.

— Va en toucher deux mots au colonel Mindreau, Chinetoque, lui conseilla le lieutenant Silva. C'est son problème.

— Pour rien au monde je n'irais m'adresser au colonel, lui répondit le Chinois. Mindreau, j'en ai une trouille bleue, on dit qu'il est très à cheval sur les principes.

— Alors t'es foutu, Chinetoque. Parce que je n'ai aucun pouvoir sur les aviateurs. Si ç'avait été un civil, avec un grand plaisir.

Liau le Chinetoque regarda Lituma et le lieutenant, consterné :

– Alors vous n'allez rien faire ?

– Nous prierons pour toi, le renvoya l'officier. Tchao, Chinetoque, bien le bonjour aux poulettes.

Mais quand Liau fut parti, le lieutenant Silva se retourna vers Lituma qui, frappant avec un seul doigt sur la vieille Remington, rédigeait le rapport du jour, et, d'une petite voix qui lui fit froid dans le dos, il fit ce commentaire :

– Cette histoire de l'aviateur dépasse les bornes, tu ne trouves pas, Lituma ?

– Oui, mon lieutenant, acquiesça le gendarme. – Il marqua un temps d'arrêt avant de demander : – Et en quoi elle dépasse les bornes ?

– Personne ne va jouer les durs dans un bouge où se trouvent les gars les plus dangereux de Talara seulement pour faire le malin. Et quatre jours de suite. Je trouve ça bizarre. Toi, non ?

– Oui, mon lieutenant, assura Lituma. – Il ne voyait pas où voulait en venir son chef mais il était avide de l'entendre, tout ouïe : – Ainsi vous croyez que... ?

– Que toi et moi on devrait aller boire une petite bière chez Liau, Lituma. Aux frais de la princesse, évidemment.

Le bordel du Chinetoque avait parcouru tout Talara ou presque, persécuté par le curé. Le père Domingo, dès qu'il le détectait, le faisait fermer par la mairie. Peu de jours après sa fermeture, le bordel ressuscitait dans une cabane ou une maisonnette, trois ou quatre rues plus loin. En fin de compte le

Chinetoque avait gagné. Maintenant il avait installé à la sortie du village une baraque en bois aménagée n'importe comment. Elle était primitive et fragile, avec son sol en terre arrosé quotidiennement pour qu'il n'y ait pas de poussière et un toit en zinc qui grinçait avec le vent. Les chambrettes des poules, au fond de l'établissement, étaient pleines de fentes par où les gosses et les ivrognes venaient se rincer l'œil.

Le lieutenant Silva et Lituma se rendirent au bordel d'un pas tranquille, après avoir vu un western au cinéma en plein air de M. Frías (l'écran était le mur nord de l'église, ce qui donnait au père Domingo le droit de censurer les films). Lituma traînait ses bottes sur la terre molle presque sans les soulever. Le lieutenant fumait.

– Dites-moi au moins à quoi vous avez pensé, mon lieutenant. Pourquoi croyez-vous que les folies de cet aviateur ont quelque chose à voir avec la mort du petit gars?

– Je n'ai pensé à rien – tira une bouffée le lieutenant Silva. Sauf que, comme y'a pas moyen d'avancer d'un pas dans cette affaire, il nous faut taper dans tous les sens pour voir si, par le plus grand des hasards, nous faisons mouche. Sinon, ça aura été au moins un prétexte pour jeter un œil au bordel et passer le matériel en revue. Quoique je sache bien que je ne trouverai pas là la femme de mes rêves.

« Ça y est, il va me reparler de la grosse, pensa Lituma. Quelle manie! »

– Hier soir je la lui ai montrée, rapporta le

lieutenant Silva avec mélancolie. Quand je suis sorti pisser dans la cour. Elle passait par là pour apporter de l'eau à la truie. Elle m'a regardé et je la lui ai montrée. En la tenant des deux mains, comme ça. « C'est tout pour toi, ma petite mère. Jusqu'à quand tu vas la laisser sans manger, dis. »

Il se mit à rire, nerveusement, comme chaque fois qu'il parlait de Doña Adriana.

— Et elle, qu'est-ce qu'elle a fait, mon lieutenant?

Lituma l'encourageait à poursuivre. Il savait que rien ne pouvait lui faire autant plaisir que de lui parler de Doña Adriana.

— Elle a déguerpi en courant, bien sûr. Et en faisant celle qui était fâchée, soupira le lieutenant. Mais elle l'a bien vue. Je suis sûr qu'elle y a pensé depuis, peut-être même qu'elle la voit en rêve. En la comparant à celle de Don Matías, qui doit en avoir une bien molle, une peau morte. Ça va la faire réfléchir et fléchir, Lituma. Elle finira par me la prendre sous sa protection. Ce jour-là on va se saouler la gueule avec du meilleur cru, je te promets.

— On peut dire que vous êtes persévérant, mon lieutenant. Vous méritez bien que Doña Adriana fasse cas de vous, ne serait-ce que pour récompenser votre constance.

Il y avait peu de gens au bordel. Liau le Chinetoque vint à leur rencontre, enchanté.

— Ce que je suis content que vous soyez là, lieutenant. Je savais bien que vous n'alliez pas me laisser tomber. Entrez, entrez. Pourquoi croyez-

58

vous qu'il n'y a plus un chat ici? A cause de cette espèce de dingue, pour sûr. Les gens viennent ici pour s'amuser, pas pour qu'on les insulte ou qu'on leur pisse dessus. Le bruit a couru et personne ne veut avoir d'histoires avec l'aviateur. C'est pas juste, non?

— Il n'est pas encore arrivé? demanda le lieutenant.

— Il se pointe sur le coup de onze heures, en général, dit le Chinetoque. Il va venir, attendez-le.

Il les fit asseoir à une petite table dans le coin le plus à l'écart et il leur servit deux bières. Plusieurs filles s'approchèrent d'eux pour leur tenir compagnie, mais le lieutenant les écarta. Ils ne pouvaient s'occuper d'elles, cette fois ils étaient venus pour régler une affaire d'hommes. La Loba Marina, très reconnaissante que Lituma ait menacé son maquereau de le mettre en taule s'il continuait à la cogner, fit une bise à l'oreille du gendarme. « Quand tu voudras monter avec moi, tu n'as qu'à venir », lui murmura-t-elle. Il y avait trois jours qu'il ne la battait plus, leur dit-elle.

Le sous-lieutenant surgit au bordel vers les minuit. Lituma et son chef avaient déjà éclusé quatre bières. Avant que le Chinetoque ne les en avertît, Lituma, qui avait dévisagé tous ceux qui venaient d'arriver, sut que c'était lui. Assez jeune, mince, brun, les cheveux coupés presque à ras. Il portait la chemise et le pantalon kaki de l'uniforme, mais sans insignes ni galons. Il entra seul, sans saluer personne, indifférent à l'effet provoqué par sa présence – coups de coude, regards, clins d'œil, chuchotements parmi les filles et les rares commensaux – et alla droit au bar où il s'accouda. « Un godet », commanda-t-il. Lituma sentit son cœur battre plus fort. Il ne le quittait pas des yeux. Il le vit avaler d'un coup son verre de pisco et en commander un autre.

– C'est comme ça tous les soirs, leur murmura la Loba Marina, qui était assise à la table à côté, avec un marin. Au troisième ou au quatrième verre il commence son cirque.

Cette nuit ce fut entre le cinquième et le sixième. Lituma avait tenu les comptes exacts des rasades d'eau-de-vie. Il l'épiait par-dessus la tête des couples qui dansaient sur la musique d'un électrophone à piles. L'aviateur tenait sa tête appuyée dans ses mains, regardant fixement le verre entre ses bras, comme le protégeant. Il ne bougeait pas. Il semblait concentré sur une méditation qui l'isolait des poules, des maquereaux et du monde. Il n'en sortait que pour porter le verre à ses lèvres, d'un geste automatique, et aussitôt après il redevenait une statue. Mais entre le cinquième et le sixième verre, Lituma fut distrait et quand il le chercha à nouveau, il n'était plus au bar. Il regarda dans toutes les directions et le trouva sur la piste de danse. Il avançait avec résolution vers l'un des couples : la Rousse et un petit homme cravaté, mais sans veston, qui se tortillait consciencieusement, accroché à elle comme s'il allait se noyer. Le sous-lieutenant le saisit par sa chemise et l'envoya valdinguer en criant d'une voix telle que tout le bordel put l'entendre :

— Avec votre permission, la demoiselle m'a promis cette danse.

Le cravaté fit un bond en l'air et regarda de tous côtés comme pour demander qu'on lui expliquât ce qui se passait ou qu'on lui conseillât quoi faire. Lituma vit le Chinetoque lui recommander de la main de se tenir tranquille. C'est ce que le client choisit de faire, en haussant les épaules. Il alla rejoindre les poules et invita à danser la Rousse d'un air contrit. Entre-temps le sous-bite, au comble de l'excitation, faisait des bonds, gesticulait et grimaçait. Mais dans ses clowneries il ne manifestait pas la moindre joie. Voulait-il seulement attirer l'attention? Non, seulement emmerder le monde. Ces sauts et dandinements, ces figures hystériques étaient un prétexte pour jouer des coudes, des épaules et des hanches à l'encontre de ceux qui passaient à sa portée. «Quel fils de pute!» pensa Lituma. Quand allaient-ils intervenir? Mais le lieutenant Silva fumait, bien tranquillement, en regardant l'aviateur d'un air amusé à travers ses ronds de fumée, comme s'il applaudissait à ses frasques. Quelle patience avaient tous ces gens! Les clients qui étaient heurtés par l'aviateur se poussaient de côté, souriaient, haussaient les épaules en ayant l'air de dire « à chaque fou sa marotte » et ne pipaient mot. A la fin du disque, le sous-lieutenant revint au bar et commanda un autre pisco.

— Sais-tu qui c'est, Lituma? s'écria Silva.

— Non. Et vous, vous le connaissez?

Son chef acquiesça de la tête avec un petit air malicieux.

— L'amoureux de la fille de Mindreau. Tu as bien

61

entendu. Je les ai vus se tenant la main à la kermesse de la fête de l'Aviation. Ainsi que plusieurs dimanches, à la messe.

– Alors c'est pour ça que le colonel supporte ces extravagances, murmura Lituma. N'importe qui d'autre, il l'aurait mis aux arrêts, au pain et à l'eau, en l'accusant de porter atteinte au prestige de l'institution.

– A propos d'extravagances, ne loupe pas celle-là, dit son chef.

Le sous-bite était juché sur le bar, une bouteille de pisco à la main, comme s'il allait prononcer un discours. Il écarta les bras et cria : « Cul sec, putain de votre mère ! » Il porta la bouteille à sa bouche et en but un trait si long que Lituma sentit son propre estomac brûler en imaginant le feu qui pénétrait ses tripes. Le sous-lieutenant dut le ressentir aussi car il fit une grimace et tituba comme s'il avait reçu un direct du droit. Le Chinetoque s'approcha de lui en faisant des sourires et des courbettes, essayant de le convaincre de descendre du comptoir et de cesser ce scandale. Mais l'aviateur insulta sa mère et lui dit que s'il ne se carrait pas sa langue dans le cul il allait pulvériser toutes les bouteilles du bar. Liau s'écarta, philosophe et résigné. Il vint implorer à deux genoux Lituma et le lieutenant Silva :

– Vous n'allez donc rien faire ?

– Qu'il se saoule encore un peu plus, décida le lieutenant.

L'aviateur défiait maintenant les souteneurs et les clients – qui évitaient de le regarder et continuaient à danser, à bavarder et à fumer comme s'il n'était pas là – en leur demandant de se foutre à poil s'ils étaient des hommes. Pourquoi restaient-ils habillés? gesticulait-il. Est-ce qu'ils avaient honte de montrer leurs couilles? Ou bien ils n'en avaient pas? Ou alors elles étaient si petites qu'ils avaient raison d'en avoir honte? Lui il était fier de sa bonne paire de couilles, ça oui.

– Voyez-moi ça! rugit-il.

En un tour de main il défit son ceinturon et Lituma vit le pantalon kaki glisser à terre, découvrant des jambes maigrichonnes et poilues. Il le vit trépigner pour libérer ses pieds, pris dans le pantalon, mais, soit qu'il fût trop saoul, soit qu'il fît ces mouvements trop brusquement, il s'entortilla davantage, trébucha et s'étala de tout son long du haut du comptoir sur la piste de danse. La bouteille qu'il tenait à la main vola en éclats, son corps rebondit comme un sac de patates. Il y eut un éclat de rire. Le lieutenant Silva se mit debout :

– C'est à nous maintenant, Lituma.

Le gendarme le suivit. Ils traversèrent la piste de danse. Le sous-lieutenant leur tournait le dos, les yeux fermés, les jambes nues, le pantalon en accordéon sur les chevilles, au milieu d'un cercle d'éclats de verre et de tessons de bouteille. Il soufflait comme un phoque. « Il a fait un sacré putain de vol plané », pensa Lituma. Ils le saisirent par les bras et le remirent debout. Il se mit à gesticuler et à dire des gros mots en bafouillant. Il bavait, plus saoul que jamais. Ils remontèrent son pantalon, resserrèrent son ceinturon, et, passant leurs bras sous ses aisselles, chacun d'un côté, ils le traînèrent vers la sortie. Filles, souteneurs et clients applaudirent, heureux de le voir partir.

– Qu'est-ce qu'on fait de lui, mon lieutenant? demanda Lituma, une fois dehors.

Le vent soufflait, le toit de zinc du bordel vibrait et les étoiles étaient plus nombreuses qu'auparavant. Les lumières de Talara semblaient, aussi, de petites étoiles qui seraient descendues jusqu'à la mer en profitant de l'obscurité.

– Conduisons-le à cette petite plage, dit son chef.

– Lâchez-moi, sales cabots, articula le sous-bite.

Mais il resta tranquille, sans tenter le moins du monde de leur glisser entre les bras.

– On te lâche tout de suite, mon frère, lui dit le lieutenant avec tendresse. Mais tranquille, hein, t'excite pas.

Ils le traînèrent sur une cinquantaine de mètres, au milieu du sable et des touffes d'herbe sèche, jusqu'à une plage de galets. Ils l'installèrent par terre et s'assirent à ses côtés. Les cabanes alentour se trouvaient dans l'obscurité. Le vent emportait au large la musique et les bruits du bordel. Cela sentait le sel et le poisson et le grondement monotone du ressac endormait comme un somnifère. Lituma sentit l'envie de se pelotonner dans le sable, de cacher son visage sous son képi et de tout oublier. Mais il était là pour bosser, nom de Dieu. Anxieux et effrayé, car il pensait que ce corps avachi à leurs pieds allait leur faire une terrible révélation.

– On se sent mieux, mon petit vieux? dit le lieutenant Silva.

Il souleva l'aviateur jusqu'à l'asseoir et l'appuya contre son corps, en entourant de son bras ses épaules, tout comme s'il s'agissait de son meilleur copain.

– Es-tu encore saoul ou est-ce que ça te passe?

– Qui es-tu, putain, et qui est ta mère, putain? balbutia l'aviateur en reposant sa tête sur l'épaule du lieutenant Silva. Sa voix agressive ne correspondait en rien à la docilité de son corps, flasque et sinueux, appuyé contre le chef de Lituma, comme sur un dossier.

– Je suis ton ami, mon frère, dit le lieutenant Silva. Remercie-moi de t'avoir tiré du bordel. Si tu avais continué à montrer tes couilles, à c't'heure-là, t'en aurais plus. Et tu te vois dans la vie avec rien entre les jambes, châtré pour tout dire, dis-moi un peu.

Il se tut parce que l'aviateur était secoué de spasmes, mais sans arriver à vomir. A tout hasard, le lieutenant lui écarta la tête et la maintint penchée contre le sol.

– Tu ne serais pas un peu tapette? balbutia-t-il toujours écumant de rage, une fois calmés ses spasmes. Tu m'as amené ici pour que je te la mette, c'est ça?

– Non, mon frère, se mit à rire le lieutenant Silva. Je t'ai amené ici pour que tu me fasses une faveur, mais pas celle-là.

« Il a la manière et le style pour soutirer les secrets des gens », pensa Lituma, admiratif.

– Et quelle faveur veux-tu que je te fasse, la mort de tes os? hoqueta et bava furieusement l'aviateur, en s'appuyant à nouveau sur l'épaule du lieutenant Silva avec la plus grande confiance, comme un chaton cherchant la chaleur de la chatte.

– Tu vas me dire ce qui est arrivé à Palomino Molero, mon frère, murmura l'officier.

Lituma sursauta. L'aviateur n'avait pas réagi. Il ne bougeait ni ne parlait au point que le gendarme pensa qu'il avait le souffle coupé. Il resta un bon moment ainsi, pétrifié. Le gendarme regardait son chef du coin de l'œil. Allait-il reposer sa question? L'autre avait-il compris ou faisait-il celui qui ne comprenait pas?

– Que la putain de ta mère te raconte ce qui est arrivé à Palomino Molero, gémit-il enfin, si bas que Lituma dut tendre l'oreille.

Il restait pelotonné contre le lieutenant Silva et il avait l'air de trembler.

– Ma pauvre petite maman ne sait même pas qui est Palomino Molero, répondit son chef, du même ton affable. Toi, par contre, tu sais. Allons, mon frère, dis-moi ce qui s'est passé.

– Je ne sais rien de Palomino Molero, cria l'aviateur et Lituma bondit sur le sable. Je ne sais rien! Rien, rien du tout!

Sa voix se brisait et il tremblait des pieds à la tête.

– Bien sûr que tu sais, mon frère, le consola le lieutenant Silva avec beaucoup de tendresse. C'est pour ça que tu viens te saouler au bordel tous les soirs. C'est pour ça que tu deviens à moitié fou. Pour cela que tu provoques les maquereaux comme si tu en avais marre de ta peau.

– Je ne sais rien! hurla à nouveau le sous-lieutenant. Rien du tout!

– Parle du petit gars et tu te sentiras mieux, poursuivit le lieutenant comme s'il lui faisait a-reu areu. Je te jure que oui, mon frère, je suis un peu

66

psychologue. Laisse-moi être ton confesseur. Ma parole que ça te fera du bien.

Lituma transpirait. Il sentait sa chemise collée au dos. Mais il ne faisait pas chaud, plutôt frisquet. La brise soulevait des vaguelettes qui déferlaient à quelques mètres du bord, avec un clappement énervant. « De quoi as-tu peur, Lituma? pensa-t-il. Calme-toi, calme-toi. » Il avait en tête l'image du petit gars mutilé et il pensait : « Je vais savoir maintenant qui l'a tué. »

– Prends ton courage à deux mains et raconte-moi, l'encourageait le lieutenant Silva. Tu te sentiras mieux. Et ne pleure pas.

Parce que le sous-bite s'était mis à chialer comme un bébé, le visage enfoui dans l'épaule de Silva.

– Je ne pleure pas pour ce que tu crois, balbutia-t-il en s'étouffant au milieu de nouveaux spasmes. Je me saoule parce que ce fils de pute me brise le cœur. Il ne me laisse pas voir ma petite! Il m'a défendu de la voir. Et elle non plus elle ne veut pas me voir, merde. Tu crois que c'est normal d'agir de façon aussi moche, bordel de merde?

– Bien sûr que non, mon frère, lui tapota le dos le lieutenant Silva. Le fils de pute qui t'a interdit de voir ta petite c'est Mindreau?

Cette fois oui, le sous-bite souleva sa tête de l'épaule du chef de Lituma. Dans la clarté laiteuse de la lune, le gendarme vit son visage barbouillé de morve et de bave, les yeux aux pupilles dilatées et brillantes, ivres d'inquiétude. Il remuait les lèvres sans articuler un mot.

– Et pourquoi le colonel t'a-t-il interdit de voir sa

fille, mon frère? lui demanda le lieutenant Silva avec le même ton naturel que s'il lui avait demandé s'il pleuvait. Qu'est-ce que tu lui as fait? Tu l'as engrossée?

— Chut, chut, merde, bava l'aviateur. Merde de merde, ne prononce pas son nom! Tu veux m'emmerder?

— Sûrement pas, mon frère, le calma le lieutenant. Tout ce que je veux c'est t'aider. Je suis inquiet de te voir dans cet état, aussi lamentable, bourré, faisant du scandale. Tu ruines ta carrière, tu ne t'en rends pas compte? C'est bon, on ne va plus parler de lui, parole d'honneur.

— Elle et moi on allait se marier l'année prochaine après ma promo d'officier, gémit le sous-bite en se laissant tomber à nouveau sur l'épaule du lieutenant Silva. Cet enfant de salaud m'a fait croire qu'il était d'accord et qu'on échangerait les alliances pour la Fête Nationale. Il m'a fait marcher, tu vois? Comment peut-on être aussi traître, aussi hypocrite, aussi salaud dans la vie, putain de merde?

Il s'était déplacé et regardait maintenant Lituma.

— C'est bien vrai, mon lieutenant, murmura le gendarme, confus.

— Et qui c'est ce con-là? bava l'aviateur en se laissant à nouveau tomber contre le lieutenant Silva. Qu'est-ce qu'il fait ici? D'où il est sorti cet autre fils de pute?

— Personne, c'est mon adjoint, un gars de confiance, le tranquillisa le lieutenant Silva. Ne fais pas attention à lui. Ni au colonel Mindreau non plus.

– Chut, chut, chut, merde, ne prononce pas son nom.

– Tu as raison, j'ai oublié, le tapota le lieutenant Silva. Tous les papas ça leur fait mal que leurs filles se marient. Ils ne veulent pas les perdre. Laisse faire le temps, à la fin il cédera et tu te marieras avec ta petite. Tu veux un conseil? Bourre-la. Quand il la verra enceinte, le vieux n'aura d'autre solution que d'autoriser le mariage. Et maintenant parle-moi de Palomino Molero.

« Cet homme est un génie », pensa Lituma.

– Il ne cédera jamais parce que c'est pas un être humain. Il n'a pas de cœur, tu vois? gémit l'aviateur. – Il eut de nouveau ces spasmes qui se mêlaient au hoquet de sa cuite et Lituma pensa que la chemise de son chef devait être à cette heure une vraie dégueulasserie. – Un monstre qui s'est joué de moi comme de son boy, tu vois? Est-ce que tu comprends pourquoi je suis super-cuité? Tu comprends pourquoi je n'ai plus qu'à me beurrer jusqu'au trou de balle tous les soirs?

– Bien sûr que je te comprends, mon frère, dit le lieutenant Silva. Tu es mordu et ça te fait chier qu'on te laisse pas voir ta gonzesse. Mais aussi quelle idée d'en pincer pour la fille de Mindreau, pardon, je voulais dire de ce tyran. Allons, mon frère, raconte-moi une bonne fois cette histoire de Palomino Molero.

– Tu te crois très malin, hein? balbutia le sous-bite en redressant la tête.

C'était comme si sa cuite avait passé. Lituma s'apprêta à le ceinturer parce qu'il lui sembla qu'il allait se jeter sur son chef. Mais non, il était trop saoul, il ne pouvait pas se tenir droit, il s'était écroulé à nouveau sur le lieutenant Silva.

– Allons, mon frère, le consola celui-ci. Cela te fera du bien, ça va te distraire de ton problème. Tu oublieras un moment ta gonzesse. On l'a tué parce qu'il s'en était pris à la femme d'un officier? C'est cela?

– Je vais te dire que dalle et peau de zébi de Palomino Molero, rugit le sous-bite, complètement affalé. Tu me tuerais que je ne dirais rien.

– Tu es un ingrat, lui reprocha le lieutenant, avec douceur. Je t'ai tiré du bordel, où on allait te couper les couilles. Je t'ai amené ici pour cuver ta cuite et que tu rentres à la base sur tes deux jambes, sans risquer le poste de police. Je te sers de mouchoir, d'oreiller et d'épaule pour pleurer. Regarde un peu dans quel état je suis, couvert de bave et de vomi. Et toi tu ne veux même pas me raconter pourquoi on a tué Palomino Molero. Tu as peur ou quoi?

« Il ne va rien lui tirer », se démoralisa Lituma. Ils avaient perdu leur temps et, pire encore, il s'était fait d'absurdes illusions. Cet ivrogne ne leur ferait pas voir plus clair.

– Elle aussi c'est une vraie salope, même pire que son père – se plaignit-il dans un spasme qu'il maîtrisa en s'étranglant, puis il poursuivit : – Et malgré tout ce qu'elle m'a fait, je l'aime. Qui peut comprendre ça! Oui, bordel à cul. Je l'ai dans la peau. Et merde!

– Pourquoi dis-tu que ta petite est aussi une salope, mon frère? demanda le lieutenant Silva.

Elle est bien obligée d'obéir à son père, non? Ou est-ce qu'elle ne t'aime plus? Elle t'a plaqué?

– Elle ne sait pas ce qu'elle veut, elle est la voix de son maître, RCA Victor, le chien du disque, voilà ce qu'elle est. Elle fait et elle dit seulement ce que commande le monstre. Celui qui m'a plaqué c'est lui, par sa bouche.

Lituma essayait de se rappeler la jeune fille, telle qu'il l'avait vue lors de sa brève apparition dans le bureau de son père. Il avait présent à l'esprit le dialogue entre les deux mais il avait du mal à se souvenir si elle était jolie. Il entrevoyait une silhouette plutôt menue, elle devait avoir beaucoup de caractère à en juger par sa façon de parler à son père, et elle était sûrement très orgueilleuse. Une façon de regarder tout le monde du haut d'un trône, non? Elle avait dû le mettre plus bas que terre ce pauvre aviateur, dans quel état elle l'avait laissé!

– Parle-moi de Palomino Molero, mon frère, répéta le lieutenant Silva une fois de plus. Dis-moi au moins quelque chose. Au moins, si on l'a tué parce qu'il fricotait, là-bas, à Piura, avec la femme d'un officier. Allez dis-moi au moins ça.

– Je suis peut-être saoul mais pas aussi con que tu crois, je vais pas me laisser traiter par toi comme un moins que rien, balbutia l'aviateur.

Il marqua un temps d'arrêt puis il ajouta, avec amertume :

– Mais si tu veux savoir une chose, eh bien! tout ce qui lui est arrivé il l'a bien cherché.

– Palomino Molero, tu veux dire? murmura le lieutenant.

– Oui, cet enfant de pute de Palomino Molero.

– Bon, cet enfant de pute de Palomino Molero, si tu préfères, ronronna le lieutenant Silva en lui tapotant le dos. Pourquoi l'a-t-il bien cherché?

– Parce qu'il a pété plus haut que son cul, gronda le sous-bite en colère. Parce qu'il a dépassé les bornes. Ces choses-là se paient. Il les a payées et bien fait pour lui.

Lituma avait la chair de poule. Cet homme-là savait. Il savait qui avait tué le petit gars et pourquoi.

– C'est bien vrai, mon frère, celui qui pète plus haut que son cul et qui dépasse les bornes doit généralement payer ça, lui fit écho le lieutenant Silva, plus amical que jamais. Et quelles bornes a dépassées Palomino?

– Celles de la putain de ta mère, dit l'aviateur en s'écartant de son dossier.

Il essayait tant bien que mal de se redresser. Lituma le vit à quatre pattes, se lever à moitié, s'effondrer et rester les quatre fers en l'air.

– Non, mon frère, pas ça, ce n'est pas la bonne réponse, poursuivit le lieutenant Silva, infatigable et cordial. Ça s'est passé à Piura, dans une maison de la base aérienne. L'une de celles qui jouxtent l'aéroport. N'est-ce pas que c'est vrai?

Le sous-bite leva la tête, toujours à quatre pattes, et Lituma eut l'impression qu'il allait aboyer. Il les regardait avec des yeux vitreux et angoissés et il semblait faire de gros efforts pour dominer son ivresse. Il battait des paupières inlassablement.

– Et qui t'a raconté ça, putain de ta mère?

– Crois-tu que je n'ai rien sous le chignon, mon frère? je ne suis pas chauve, dit en riant le lieutenant Silva. Y'a pas que toi à savoir des choses. Moi aussi j'en connais un brin. Écoute, moi je te dis ce que je sais, tu me dis ce que tu sais et comme ça à nous deux on résout l'énigme bien mieux que Mandrake le Magicien.

– Dis-moi toi d'abord ce que tu sais de la base de Piura, articula l'aviateur.

Il restait à quatre pattes et Lituma pensa que cette fois il était dessaoulé. A sa façon de parler et, surtout, parce qu'il semblait ne plus avoir peur.

– Volontiers, mon frère, dit le lieutenant Silva. Mais, viens, assieds-toi, grille-z-en une avec moi. Ta cuite t'es passée, hein? Tant mieux.

Il alluma deux cigarettes et tendit le paquet à Lituma. Le gendarme en prit une et l'alluma.

– Écoute donc, je sais que Palomino avait une histoire d'amour là-bas sur la base de Piura. Il allait avec sa guitare donner la sérénade, il chantait pour cette femme avec la jolie voix qu'il avait, à ce qu'on dit. Le soir et en cachette. Il devait lui chanter des boléros, il paraît que c'était sa spécialité. Voilà, je t'ai dit ce que je sais. Maintenant à ton tour. A qui donnait-il la sérénade, Palomino Molero?

– Je ne sais rien du tout, s'écria l'aviateur.

Il était à nouveau effrayé. Le voilà qui claquait des dents.

– Oui, tu sais, l'encouragea le chef de Lituma. Tu sais que le mari de celle à qui il donnait la sérénade a découvert le pot aux roses, ou les a surpris, et tu sais que Palomino Molero a dû s'enfuir dare-dare

73

de Piura. C'est pour ça qu'il est venu ici, qu'il s'est engagé à Talara. Mais le mari jaloux l'a découvert, il est venu le chercher et il lui a fait la peau. A cause de ce que tu as dit, mon frère. Parce qu'il pétait plus haut que son cul, parce qu'il avait dépassé les bornes. Allons, ne reste pas sans rien dire. Qui c'est qui lui a fait la peau?

L'aviateur eut un autre spasme. Cette fois il vomit, ramassé sur lui, dans un bruit épouvantable. Quand il eut fini, il s'essuya la bouche de la main et fit la moue. Il finit par sangloter comme un gosse. Lituma était dégoûté et aussi un peu chagriné. Le pauvre souffrait le martyre, ça se voyait.

– Tu dois te demander pourquoi j'insiste tellement pour que tu me dises qui l'a fait, réfléchit le lieutenant en soufflant des ronds de fumée. Pure curiosité, mon frère, rien de plus. Si celui qui lui a fait la peau appartient à la base de Piura, qu'est-ce que je peux y faire? Rien. Vous avez votre propre justice, vos prérogatives, et moi je n'aurai pas droit au chapitre. De la curiosité purement et simplement, tu vois? Et puis je vais te dire une chose. Si moi j'étais marié avec ma grosse et quelqu'un venait lui donner la sérénade, lui chanter des boléros romantiques, moi aussi je lui ferais la peau. Qui c'est qui a refroidi Palomino, mon frère?

Même en ce moment le lieutenant devait se souvenir de Doña Adriana. C'était une maladie, nom de nom. Le sous-bite s'écarta, évitant le sol souillé par ses vomissures, et s'assit sur le sable, à quelques centimètres de Lituma et de son chef. Il posa les coudes sur ses genoux et enfouit sa tête dans ses mains. Il devait se ressentir des suites de sa cuite. Lituma se rappela cette sensation de vide avec des fourmillements, ce malaise indéfinissable, généralisé qu'il connaissait si bien depuis l'époque où il était un « indomptable ».

– Et comment sais-tu qu'il allait donner la sérénade sur la base de Piura? demanda l'aviateur, soudain. – Parfois il semblait effrayé, parfois en colère, et maintenant les deux à la fois. – Qui t'a raconté ça, putain de merde?

A ce moment, Lituma vit des ombres s'approcher. En un moment elles étaient près d'eux, déployées en demi-cercle. Six hommes. Portant fusil et matraque, et dans la clarté de la lune Lituma reconnut les brassards. La police de l'armée de l'Air. Elle inspectait tous les soirs les troquets, les bals et le bordel à la recherche des gens de la base qui auraient fait du scandale.

– Je suis le lieutenant Silva, de la gendarmerie. Que se passe-t-il?

– Nous venons chercher le lieutenant Dufó, répliqua l'un d'eux.

On ne voyait pas ses galons mais ce devait être un sous-officier.

– Pour prononcer mon nom, lavez-vous d'abord la bouche, rugit l'aviateur. – Il réussit à se lever et à tenir debout, quoiqu'il titubât comme s'il allait perdre l'équilibre à tout moment. – Moi personne ne me conduit nulle part, nom de Dieu.

– Ordre du colonel, mon lieutenant, répliqua le chef de la patrouille. Sauf votre respect, on doit vous emmener.

75

L'aviateur marmonna quelque chose et glissa à terre, au ralenti. Celui qui commandait la patrouille donna un ordre et les silhouettes s'approchèrent. Elles saisirent le lieutenant Dufó par les bras et les jambes et l'emportèrent comme un paquet. Il les laissa faire, grommelant des paroles incompréhensibles.

Lituma et le lieutenant Silva les virent disparaître dans l'obscurité. Peu après, au loin, une jeep démarra. La patrouille avait probablement stationné près du bordel. Ils finirent de fumer leur cigarette, plongés dans leurs pensées. Le lieutenant fut le premier à se lever pour rentrer. Apparemment, près du bordel, ils entendirent de la musique, des cris, des rires. Il semblait plein.

– Vous êtes terrible pour faire parler les gens, dit Lituma. Vous avez conduit ça comme un chef, jusqu'à lui soutirer quelques petites choses.

– Je ne lui ai pas tiré tous les vers du nez, affirma le lieutenant. Si nous avions eu plus de temps, il aurait peut-être craché tout le morceau. – Il cracha à son tour et respira longuement comme pour s'emplir les poumons d'air marin. – Je vais te dire quelque chose, Lituma. Sais-tu ce que je crois?

– Quoi donc, mon lieutenant?

– A la base aérienne tout le monde sait ce qui s'est passé. Du jardinier jusqu'à Mindreau.

– Ça ne m'étonnerait pas, acquiesça Lituma. C'est du moins l'impression que m'a donnée le lieutenant Dufó. Il savait très bien, lui, qui avait tué le petit gars.

Ils marchèrent un bon moment en silence, dans

Talara endormie. La plupart des maisonnettes de bois étaient dans l'obscurité; sauf quelques-unes où l'on voyait vaciller une flamme. Là-haut, derrière les grilles, dans la zone réservée, c'était aussi la nuit totale.

Soudain le lieutenant parla d'une voix différente :

— Rends-moi service, veux-tu? Fais un tour par la plage aux pêcheurs. Regarde si *Le Lion de Talara* a levé l'ancre. S'il n'est pas là, va dormir sans plus. Mais s'il est sur la plage, viens m'avertir à la gargote.

— Comment, mon lieutenant..., s'étonna Lituma. Vous voulez dire que...

— Ça veut dire que je vais essayer, acquiesça le lieutenant dans un petit rire chatouillé. Je ne sais pas si le miracle aura lieu cette nuit. Peut-être pas. Mais on ne perd rien à essayer. C'est beaucoup plus difficile que je le croyais. Un jour viendra. Car tu sais une chose? le bonhomme que je suis ne mourra pas avant de s'être envoyé cette grosse-là ni savoir qui a tué Palomino Molero. Ce sont mes deux buts dans la vie, Lituma. Plus encore que l'ambition du galon, même si tu ne me crois pas. Allez, allez, vas-y.

« Comment peut-il avoir à cette heure ce courage-là? » se demanda Lituma. Il songea à Doña Adriana, pelotonnée dans son lit, endormie, inconsciente de la visite qu'elle allait recevoir. Ah! putain, quel baiseur que ce lieutenant Silva! Allait-elle lui céder cette nuit? Non, Lituma était sûr que Doña Adriana ne lui ferait jamais ce plaisir. Au milieu des bara-

77

ques dans l'obscurité surgit un chien qui aboya. Il le chassa d'un coup de pied. Talara sentait toujours le poisson, mais certaines nuits, comme celle-ci, l'odeur en devenait insupportable. Lituma sentit une sorte de vertige. Il marcha un moment un mouchoir sur son nez. Plusieurs barques étaient déjà parties en pêche. Il en restait à peine une demi-douzaine sur la petite plage et aucune d'elles n'était *Le Lion de Talara*. Il les examina une par une pour s'en assurer. Alors qu'il s'apprêtait à partir, il aperçut une masse, allongée dans un des canots sur le sable.

– Bonne nuit, murmura-t-il.

– Bonne nuit, dit la femme, comme fâchée d'avoir été interrompue.

– Mais, dites donc, qu'est-ce que vous faites là à cette heure, Doña Adriana?

La patronne de la gargote portait un chandail à col roulé noir au-dessus de sa robe et était pieds nus, comme toujours.

– Je suis venue apporter son casse-croûte à Matías. Et lorsqu'il a levé l'ancre je suis restée prendre un peu l'air. Je n'ai pas sommeil. Et toi, Lituma? Qu'est-ce que tu cherches par là? L'âme sœur?

Le gendarme se mit à rire. Il s'accroupit, en face de Doña Adriana et tout en riant, dans la faible clarté – un nuage entourait la lune – il examinait ces formes abondantes, généreuses, objet de convoitise du lieutenant Silva.

– De quoi ris-tu? lui demanda Doña Adriana. Tu deviens fou ou est-ce que tu as bu un coup de trop?

Ah! je sais, tu es allé chez Liau le Chinetoque.

– Rien de tout ça, Doña Adriana, continua à rire Lituma. Si je vous le dis, vous allez mourir de rire vous aussi.

– Raconte-moi, alors. Et ne ris pas tout seul, on dirait un idiot.

La patronne de la pension était toujours de bonne humeur et vaillante, mais Lituma remarqua chez elle cette nuit-là un fond de tristesse. Elle tenait ses bras croisés sur la poitrine et l'un de ses pieds grattait le sable.

– Quelque chose qui vous fâche, Doña Adriana? demanda-t-il, maintenant sérieux.

– Fâchée, non. Tracassée, Lituma. Matías ne veut pas aller au dispensaire. Il est têtu comme c'est pas possible et je n'arrive pas à le décider.

Elle marqua un temps d'arrêt et soupira. Elle raconta que, depuis presque un mois, son mari était constamment enroué et que, lorsqu'il avait des accès de toux, il crachait du sang. Elle avait acheté des médicaments à la pharmacie et elle les lui avait fait prendre presque de force, mais ils ne lui avaient rien fait. Il avait peut-être bien quelque chose de grave qui ne pouvait pas être soigné par ces remèdes pharmaceutiques. Il lui fallait sans doute faire des radios ou se faire opérer. Cette tête de mule ne voulait rien savoir du dispensaire et il disait que ça allait lui passer, qu'aller voir un médecin pour une toux c'était bon pour une femmelette. Mais il ne pouvait pas l'abuser davantage : il se sentait pire qu'il n'en avait l'air parce que chaque nuit il lui en coûtait plus de partir en pêche.

Il lui avait interdit de parler à ses enfants de ses crachements de sang. Mais elle le leur dirait dimanche, quand ils viendraient la voir. Et peut-être bien qu'ils le forceraient à aller consulter un médecin.

– Vous l'aimez beaucoup Don Matías, hein, Doña Adriana?

– Ça fait presque vingt-cinq ans que je vis avec lui, sourit la patronne de la pension. C'est pas croyable comme le temps passe, Lituma. Matías m'a prise toute gosse, j'avais à peine quinze ans. J'avais peur de lui, parce qu'il était tellement plus âgé que moi. Mais il m'a couru après si fort qu'il a fini par avoir raison. Mes parents ne voulaient pas que je me marie avec lui. Ils disaient qu'il était trop vieux, que notre ménage ne durerait pas. Ils se sont trompés, tu vois. Il a duré et, malgré tout, nous nous sommes assez bien entendus. Pourquoi me demandes-tu si je l'aime?

– Parce que maintenant je suis un peu honteux de vous dire ce que je suis venu faire ici, Doña Adriana.

Le pied qui jouait dans le sable s'immobilisa, à quelques millimètres d'où était accroupi le gendarme.

– Cesse de faire le mystérieux, Lituma. C'est une devinette ou quoi?

– Le lieutenant m'a demandé de voir si Don Matías était parti à la pêche, murmura-t-il en baissant sa voix et sur un ton malicieux. – Il attendit un peu et, comme elle ne lui posait aucune question, il ajouta : – Parce qu'il est allé vous rendre visite, Doña Adriana, et il ne voulait pas être surpris par votre mari. A cette heure il doit être à votre porte.

Il y eut un silence. Lituma entendait clapoter les vaguelettes qui venaient mourir sur le bord, près de lui. Au bout d'un moment, il entendit Doña Adriana rire, lentement, d'un rire moqueur, contenu, comme pour qu'il ne l'entendît pas. Lui aussi se remit à rire. Ainsi restèrent-ils un bon moment, riant, chaque fois plus fort et se contaminant.

– Ça n'est pas bien de se moquer ainsi de l'amour du lieutenant, Doña Adriana.

– Il doit être encore à frapper à ma porte et à gratter à ma fenêtre, priant et suppliant que je le laisse entrer, s'écria dans son fou rire la patronne de la pension. Me promettant monts et merveilles pour que je lui ouvre. Ha, ha, ha! Et tout ça pour des prunes! Ha, ha, ha!

Ils rirent encore un moment. Quand ils se turent, Lituma vit le pied de la patronne de la gargote recommencer à gratter le sable, méthodiquement, obstinément. La sirène de la raffinerie siffla au loin. C'était la relève, car là-bas on travaillait le jour et la nuit. Il entendit, aussi, des bruits de camions sur la route.

– La vérité, c'est que vous le rendez fou le lieutenant, Doña Adriana. Si vous l'entendiez. Il ne parle pas d'autre chose. Il ne regarde même pas les autres femmes. Pour lui, vous êtes la reine de Talara.

Il entendit Doña Adriana rire à nouveau, chatouillée.

– Il a la main baladeuse, un de ces jours il va se

81

prendre un aller retour à cause de ses privautés envers moi, dit-elle sans la moindre colère. Fou de moi? Pur caprice, Lituma. Il s'est mis dans la tête de faire ma conquête, et comme je ne fais pas cas de lui il s'entête. Crois-tu que je peux penser un seul instant qu'un garçon comme lui est amoureux d'une bonne femme qui pourrait être sa mère? Je ne suis pas folle, Lituma. C'est un caprice, rien de plus. Si je cédais une seule fois, sûr et certain que son amour pour moi lui passerait.

– Et vous, Doña Adriana, est-ce que vous allez céder au moins une fois?

– Pas la dixième partie d'une fois, qu'est-ce que tu crois? répondit vivement la patronne de la pension en faisant celle qui se fâchait, mais Lituma vit bien qu'elle faisait semblant. Je ne suis pas comme une de ces femmes. Je suis une mère de famille, Lituma. Pas un autre homme que mon mari ne posera la main sur moi.

– Alors le lieutenant va mourir, Doña Adriana. Parce que je vous jure que je n'ai jamais vu quelqu'un d'aussi mordu que lui de vous. Il vous parle même en rêve, vous vous rendez compte!

– Et que dit-il lorsqu'il me parle en rêve?

– Je ne peux pas vous le répéter, Doña Adriana, j'ai trop honte.

Elle éclata de rire. Après quoi, elle se leva du canot et, toujours les bras croisés, elle se mit à marcher. Elle se dirigea vers la gargote, suivie de Lituma.

– Je suis heureuse de t'avoir trouvé, lui dit-elle. Tu m'as fait rire, tu m'as enlevé mes soucis.

– Moi aussi j'en suis heureux, Doña Adriana, répondit le gendarme. Grâce à notre conversation, ce petit gars qu'on a assassiné m'est sorti de la tête. Alors que j'en étais obsédé depuis que je l'avais vu, j'en avais même des cauchemars. J'espère cette fois que je ne vais plus rêver de lui.

Il prit congé de Doña Adriana à la porte de la gargote et se dirigea vers le poste de gendarmerie. Le lieutenant et lui dormaient là, l'officier dans une vaste chambre, près du bureau, et Lituma dans une sorte de réduit collé à la courette des cachots. Les autres gendarmes étaient mariés et avaient leur maison au village. Tout en parcourant les rues désertes, il imaginait le lieutenant grattant aux vitres de la gargote et murmurant des mots d'amour en pure perte.

A la gendarmerie, il vit un papier enroulé à la poignée de la porte. Il avait été mis là exprès, pour qu'on le vît en entrant. Il le détacha précautionneusement et, à l'intérieur du poste – une pièce en bois avec un fanion, un écusson, deux bureaux et une corbeille à papiers – il alluma la lampe. C'était écrit à l'encre bleue par quelqu'un qui avait une écriture régulière et élégante, quelqu'un qui savait écrire sans faire de fautes d'orthographe :

« Ceux qui ont tué Palomino Molero sont allés le sortir de chez Doña Lupe, à Amotape. Elle sait ce qui s'est passé. Demandez-le-lui. »

La gendarmerie recevait des lettres anonymes fréquemment, surtout dans des affaires de cocufiage et de contrebande. C'était la première qui se rapportait à la mort du petit gars.

V

– Amotape, en voilà un nom, se moqua le lieutenant Silva. Est-ce bien vrai qu'il vient de cette
histoire du curé et de sa bonne? Qu'est-ce que vous
en pensez, Doña Lupe?

Amotape se trouve à quelque cinquante kilomè-
tres au sud de Talara, dans un paysage de pierres
calcinées et de dunes brûlantes. Avec autour des
broussailles desséchées, des caroubiers et quelques
eucalyptus, taches de pâle verdure qui rendent
moins grise la monotonie des lieux. Les arbres sont
ramassés, allongés et contournés pour absorber la
rare humidité de l'atmosphère et, de loin, ils ressemblent à des sorcières gesticulantes. A l'ombre
bienfaisante de leur feuillage on voit toujours des
troupeaux de chèvres efflanquées, mordillant les
gousses craquantes qui se détachent des branches;
ainsi que des mulets somnolents et un berger,
généralement un gosse ou une fille très jeune à la
peau tannée et aux yeux très vifs.

– Croyez-vous que cette histoire du curé et de sa
bonne sur Amotape soit vraie, Doña Lupe? répéta le
lieutenant Silva.

Le village est un entassement de cabanes de terre et de roseaux avec leur enclos hérissé de pieux, avec de temps à autre quelques maisons aux nobles grilles, entourant une place archaïque comprenant son kiosque de bois, des amandiers et des bougainvillées ainsi qu'un monument à Simón Rodríguez, le maître de Bolívar, qui mourut dans ce lieu perdu. Les habitants d'Amotape, gens pauvres et crasseux, vivent des chèvres, du coton ainsi que des routiers et camionneurs qui se détournent de la route entre Talara et Sullana pour boire au village une calebasse de bière de maïs ou manger des brochettes. Le nom du lieu, d'après une légende de Piura, vient de l'époque coloniale, quand Amotape, bourg important, avait un curé avare qui détestait donner à manger aux gens de passage. Sa bonne, qui le suivait dans sa ladrerie, dès qu'elle voyait pointer un voyageur, l'avertissait : « *Amo* – mon maître – *tape* – couvrez –, couvrez la marmite, il y a des gens qui arrivent. » Était-ce bien vrai ?

– Qui sait ? murmura enfin la femme, peut-être bien que oui, peut-être bien que non. Dieu seul le sait.

Elle était très maigre, la peau olivâtre et parcheminée, creusée entre les os saillants des pommettes et des bras. Depuis qu'elle les avait vus arriver, elle les regardait avec méfiance. « Avec encore plus de méfiance que les gens d'ordinaire », pensa Lituma. Elle les scrutait de ses yeux profonds et effarouchés, et parfois elle se frottait les bras comme surprise par un frisson. Lorsque son regard croisait l'un d'eux, le petit sourire qu'elle esquissait semblait si faux qu'il ressemblait à une grimace. « La peur que tu as, petite mère, pensait Lituma. Tu en sais certainement long. » Elle les avait regardés de la sorte tandis qu'elle leur servait à manger des beignets de banane salée et un sauté de porc. Elle les regardait de la sorte chaque fois que le lieutenant lui demandait de remplir la calebasse de chicha. Quand est-ce que son chef allait commencer l'interrogatoire? Lituma sentait son cerveau s'embrumer sous l'effet de l'alcool. Il était midi, il faisait une chaleur de tous les diables. Le lieutenant et lui étaient les seuls clients. D'où ils étaient assis ils apercevaient, de biais, la petite église de San Nicolás résistant héroïquement aux outrages du temps, et au-delà, à travers la piste de sable, les camions qui se dirigeaient à Sullara ou à Talara. Un camion qui transportait des cages de poulets les avait conduits là, en les laissant sur le bord de la route. En traversant le village, ils avaient vu surgir des visages curieux de toutes les baraques d'Amotape. Plusieurs cabanes avaient des drapeaux blancs, flottant au bout d'un pieu. Le lieutenant demanda laquelle de ces maisons où l'on servait de la chicha était celle de Doña Lupe. Le groupe de gosses qui les entourait désigna aussitôt la petite cabane où ils se trouvaient maintenant. Lituma soupira, soulagé. A la bonne heure, cette femme au moins existait. Ils n'avaient, donc, pas fait le voyage pour rien. Ils avaient voyagé le nez au vent, respirant la fiente de volaille, chassant les plumes qui pénétraient dans leur bouche et leurs oreilles, assourdis par le gloussement de leurs compagnons de voyage. Le

86

soleil qui dardait ses rayons leur avait donné mal à la tête. Maintenant, au retour, ils allaient devoir marcher jusqu'à la route et rester là à faire du stop jusqu'à ce qu'un chauffeur veuille bien les ramener à Talara.

– Bonjour, Doña Lupe, avait dit le lieutenant Silva en entrant. On vient voir si votre chicha, vos beignets de banane et votre sauté de porc sont aussi bons qu'on le dit. On nous les a recommandés. J'espère qu'on ne sera pas déçus.

A en juger d'après sa façon de les regarder, la patronne de la gargote n'avait pas gobé le bobard du lieutenant. Surtout, pensa Lituma, au vu de l'acidité de sa chicha et l'insipidité de la chair fibreuse du sauté. Au début les gosses d'Amotape rôdèrent autour d'eux. Mais ils finirent par s'ennuyer et par s'en aller. Maintenant il n'y avait dans la baraque, autour de la cuisinière, des jarres en terre cuite, du grabat et des trois petites tables boiteuses plantées sur terre, que des enfants à moitié nus qui jouaient avec des calebasses vides. Ce devait être les filles de Doña Lupe, quoiqu'il fût incroyable qu'une femme de son âge eût des enfants aussi petits. Mais peut-être bien qu'elle n'était pas si vieille. Toutes les tentatives pour lier conversation avec elle avaient été vaines. Qu'ils lui parlent du temps, de la sécheresse, de la récolte de coton de cette année ou du nom d'Amotape, elle répondait toujours pareil. Par des monosyllabes, un silence ou des mots évasifs.

– Je vais te dire une chose qui va te surprendre, Lituma. Toi aussi tu crois que Doña Adriana est

87

grosse, n'est-ce pas? Tu te trompes. C'est une femme bien en chair, ce qui est très différent.

A quelle heure le lieutenant allait-il commencer? Comment allait-il s'y prendre? Lituma était sur des charbons ardents, partagé entre la surprise et l'admiration que provoquaient chez lui les ruses de son chef. Il savait bien que le lieutenant Silva était aussi avide que lui de démêler le mystère de la mort de Palomino Molero. Il avait été témoin de l'excitation causée, la veille au soir, par le billet anonyme. Reniflant le papier comme un limier sa proie, il avait décrété : « Ce n'est pas une mauvaise farce. Ça pue la vérité. Il va falloir aller à Amotape. »

— Sais-tu quelle est la différence entre une grosse et une femme bien en chair, Lituma? La grosse est flasque, molle, déliquescente. Tu touches et ta main s'enfonce comme dans un fromage qui coule. Tu te sens eu. La femme bien en chair est dure, pleine de partout, elle a tout ce qu'il faut et bien davantage. Et tout au bon endroit. Dans de bonnes proportions et en harmonie. Tu touches et ça résiste, tu touches et ça rebondit. Il y a là toujours de quoi faire, plus qu'il n'en faut pour te rassasier et même te régaler.

Sur le chemin d'Amotape, tandis que le soleil du désert faisait fondre leur képi, le lieutenant monologuait sans cesse sur le billet anonyme, spéculant au sujet du lieutenant Dufó, du colonel Mindreau et de sa fille. Mais, depuis qu'ils étaient entrés dans la baraque de Doña Lupe c'était comme si toute curiosité pour Palomino Molero s'était éclipsée chez lui. Pendant tout le repas il n'avait fait que parler du nom d'Amotape, ou, comme de juste, de Doña Adriana. Et tout cela d'une voix claironnante, comme s'il se moquait que Doña Lupe entendît ses obscénités.

– C'est la différence entre la graisse et le muscle, Lituma. La grosse est grasse. La femme bien en chair, un panier de muscles. Des tétons musclés c'est ce qu'il y a de plus savoureux au monde, plus savoureux encore que ce sauté de porc de Doña Lupe. Ne ris pas, Lituma, je t'assure que c'est tout à fait pareil. Tu ne sais rien de tout cela, toi, moi oui. Un grand popotin musclé, des cuisses musclées, un dos et des hanches de femme avec du muscle, voilà un mets de princes, de rois et de généraux. Oh! mon Dieu! Oh là là! Tel est mon petit amour de Talara, Lituma. Pas grosse, mais bien en chair. Une femme avec du muscle, nom de Dieu. Et c'est ce qui me plaît, moi.

Le gendarme riait, par discipline, mais Doña Lupe écoutait tous ces bavardages de l'officier d'un air sérieux, en les scrutant. « Attendant », pensait Lituma, sûrement aussi sur ses gardes que lui-même. Quand est-ce que le lieutenant allait se décider? Il semblait être le moins pressé du monde. Et vas-y qu'il parlait et parlait de la grosse.

– Tu vas me dire : comment se fait-il que le lieutenant sait que Doña Adrianita est bien en chair et pas grosse? L'aurait-il touchée, par hasard? C'est vrai que je l'ai à peine fait, Lituma. A peine, à peine, un petit coup par-ci, une caresse par-là, un frôle-ment furtif. Des conneries, je le sais bien, tu as raison de penser ce que tu penses. Mais c'est que je

89

l'ai vue, Lituma. Voilà, je t'ai dit mon secret. Je l'ai vue se baigner en jupon. Là-bas sur la petite plage où vont faire trempette les vieilles de Talara pour que les hommes ne les voient pas, celle qui se trouve derrière le phare, pleine de pierres et de galets, près du rocher aux crabes. Pourquoi crois-tu que je disparais toujours sur le coup de cinq heures, avec mes jumelles, sous prétexte d'aller prendre mon petit café à l'hôtel Royal? Pourquoi, d'après toi, est-ce que je grimpe sur le rocher qui domine cette plage? Pourquoi, je te le demande un peu, Lituma? Mais pour contempler mon amour tandis qu'elle se baigne dans son jupon rose. Une fois que le jupon est mouillé, c'est comme si elle était toute nue, Lituma. Mon Dieu, jetez-moi de l'eau, Doña Lupe, je brûle! Éteignez-moi cet incendie! C'est là qu'on voit ce que c'est qu'un corps bien en chair, Lituma. Les fesses dures, les nichons durs, du muscle pur de la tête aux pieds. Un jour je t'emmènerai avec moi et je te la montrerai. Je te prêterai mes jumelles. Tu en deviendras bigleux, Lituma. Tu verras que j'ai raison. Tu verras le corps le plus savoureux de Talara. Oui, Lituma, je ne suis pas jaloux, du moins pas avec mes subordonnés. Si tu te conduis bien, un jour je te ferai grimper jusqu'au rocher aux crabes. Tu en chavireras de bonheur en voyant ce morceau de femme.

C'était comme s'il avait oublié ce qu'ils étaient venus faire à Amotape, nom de Dieu. Mais quand Lituma commençait à se désespérer d'impatience, le lieutenant Silva soudain se tut. Il ôta ses lunettes fumées – le gendarme vit que son chef avait les pupilles brillantes et incisives –, les nettoya avec son mouchoir et se les remit. Très calmement il alluma une cigarette. Il parla d'une petite voix mielleuse :

– Dites-moi, Doña Lupe. Venez, venez, asseyez-vous avec nous un moment. Nous avons à parler, non?

– Et de quoi? murmura la femme, en claquant des dents.

Elle s'était mise à trembler comme si elle avait la fièvre. Lituma s'aperçut qu'il tremblait lui aussi.

– Eh bien! de Palomino Molero, quoi, Doña Lupe, lui sourit le lieutenant Silva. De mon amour de Talara, de ma sacrée petite grosse, je ne vais pas en parler avec vous, n'est-ce pas? Venez, venez. Asseyez-vous ici.

– Je ne sais pas qui c'est, balbutia la femme, transformée. – Elle s'assit comme une automate sur le petit banc que le lieutenant lui désignait. Elle avait d'un coup perdu toute couleur et semblait plus maigre qu'auparavant. En faisant une moue étrange qui lui tordait la bouche, elle répéta : – Je jure que je ne sais pas qui c'est.

– Bien sûr que vous savez qui c'est Palomino Molero, Doña Lupe, la reprit le lieutenant Silva. – Il avait cessé de sourire et il parlait d'un ton froid et dur qui fit sursauter Lituma. Celui-ci pensa : « Oui, oui, nous allons enfin savoir ce qui s'est passé. » – Le militaire qu'on a assassiné à Talara. Celui qu'on a brûlé à la cigarette et qu'on a pendu. Celui à qui on a enfoncé un bâton dans le derrière. Palomino Molero, un petit gars qui chantait des boléros. Il

91

était ici, dans cette maison, où nous sommes vous et moi. Vous ne vous rappelez pas?

Lituma vit la femme ouvrir démesurément les yeux et aussi la bouche. Mais aucun son n'en sortit. Elle était là, décomposée, tremblante. Un des enfants fit la lippe.

– Je vais vous parler franchement, madame. – Le lieutenant rejeta une bouffée de fumée et sembla se distraire en observant les volutes. Il poursuivit soudain, avec sévérité : – Si vous ne coopérez pas, si vous ne répondez pas à mes questions, vous allez vous mettre dans des putains de beaux draps. Je vous le dis comme ça, tout crûment, pour que vous vous rendiez compte de la gravité de la situation. Je ne veux pas vous arrêter, je ne veux pas vous emmener à Talara, je ne veux pas vous mettre au cachot. Je ne veux pas que vous passiez le restant de vos jours en prison, comme complice et pour avoir couvert un crime. Je vous assure que je ne veux rien de cela, Doña Lupe.

La gosse commençait à pleurer et Lituma, portant un doigt à ses lèvres, lui fit signe de se taire. Elle lui tira la langue et sourit.

– Ils vont me tuer, gémit la femme, lentement.

Mais elle ne pleurait pas. Ses yeux secs exprimaient la haine et une peur animale. Lituma n'osait plus respirer, il lui semblait que s'il remuait ou faisait du bruit quelque chose de très grave allait se produire. Il vit le lieutenant Silva ouvrir avec une grande parcimonie sa cartouchière. Il sortit son revolver et le posa sur la table, en écartant les restes du sauté de porc. Il en caressa la crosse tandis qu'il parlait :

– Personne ne touchera un cheveu de votre tête, Doña Lupe. A condition que vous nous disiez la vérité. Ceci est là pour vous défendre, si besoin est.

Le braiment affolé d'une bourrique brisa au loin la quiétude extérieure. « Elle se fait baiser », pensa Lituma.

– Ils m'ont menacée, ils m'ont dit si tu ouvres la bouche tu es morte, hurla la femme en levant les bras. – Elle pressait son visage à deux mains et se tordait des pieds à la tête. On entendait s'entrechoquer ses dents. – En quoi c'est ma faute, qu'est-ce que j'ai fait, monsieur. Je ne peux pas mourir, laisser ces enfants à l'abandon. Mon mari, un tracteur l'a tué, monsieur.

Les enfants qui jouaient par terre se retournèrent en l'entendant crier, mais, au bout d'un moment, ils s'en désintéressèrent et retournèrent à leurs jeux. La gosse qui faisait la lippe était allée à quatre pattes jusqu'au seuil de la baraque. Le soleil rougit ses cheveux, sa peau. Elle suçait son doigt.

– Eux aussi ils m'ont montré leurs revolvers, alors à qui je dois obéir, à vous ou à eux? hurla la femme.

Elle essayait de pleurer, elle faisait des grimaces, se pressait les bras, mais elle avait toujours les yeux secs. Elle se frappa la poitrine et fit le signe de la croix.

Lituma jeta un œil à l'extérieur. Non, les cris de la femme n'avaient pas attiré les voisins. Par le creux de la porte et les interstices des pieux on voyait le portail fermé de la petite église de San Nicolás et la place déserte. Les enfants qui, jusqu'alors, couraient en tous sens et frappaient à coups de pied dans des balles de chiffon autour du kiosque en bois, n'étaient plus là. Il pensa : « On les a emmenés, on les a cachés. Leurs parents ont dû les prendre par la peau du cou et les fourrer dans leurs baraques pour qu'ils n'entendent ni ne voient ce qui va se passer ici. » C'est donc qu'ils connaissent tous l'histoire de Palomino Molero; ils ont tous été témoins. Le mystère allait s'éclaircir, cette fois oui.

– Calmez-vous, avançons pas à pas, sans nous presser, dit le lieutenant. – Son ton, à la différence de ses paroles, ne cherchait pas à la tranquilliser mais à accroître sa peur. Un ton froid et menaçant :
– Personne ne va vous tuer ni s'en prendre à vous. Parole d'homme. A condition que vous me parliez franchement. Que vous me disiez toute la vérité.

– Je ne sais rien, je ne sais rien, j'ai peur, mon Dieu, balbutia la femme. – Mais on voyait bien à son expression, à son désarroi, qu'elle savait tout et n'avait pas la force de refuser de le raconter. – Aidez-moi, saint Nicolas.

Elle se signa deux fois et baisa ses doigts croisés.

– En commençant par le commencement, ordonna le lieutenant. Quand et pourquoi Palomino Molero est-il venu ici? Depuis quand le connaissiez-vous?

– Je ne le connaissais pas, je ne l'avais jamais vu de ma vie, protesta la femme. – Sa voix avait des hauts et des bas, comme si elle avait perdu le contrôle de sa gorge, et ses yeux tournaient, affolés.

– Je ne lui aurais pas donné de lit ici, si ce n'avait été la jeune fille. Ils cherchaient le curé, le père Ezequiel. Mais il n'était pas là. Il n'est presque jamais là, tout le temps en vadrouille.

– La jeune fille? dit Lituma sans pouvoir se retenir.

Un regard du lieutenant lui fit se mordre la langue.

– La jeune fille, dit en tremblant Doña Lupe. Oui, elle. Ils m'ont tellement suppliée que j'ai eu pitié. Ce n'était même pas pour de l'argent, monsieur, et Dieu sait que j'en ai besoin. Mon mari le tracteur l'a écrasé. Je ne vous l'ai pas dit? Sur Notre-Seigneur qui nous voit et nous écoute de là-haut, sur saint Nicolas qui est notre patron. Ils n'avaient même pas d'argent. A peine de quoi payer leur repas, pas plus. La chambre je leur en ai fait cadeau. Et parce qu'ils allaient se marier. Par pitié, ils étaient si tendres, presque des gosses, ils avaient l'air si amoureux, monsieur. Comment savoir ce qui allait se passer? Qu'est-ce que je t'ai fait, mon Dieu chéri, pourquoi me mêler à un tel malheur?

Le lieutenant attendit, en faisant des ronds de fumée et en foudroyant la femme du regard à travers ses lunettes, que Doña Lupe fît le signe de la croix, se frottât les bras et pressât son visage comme si elle allait se l'arracher.

– Je sais que vous êtes une brave dame, je l'ai compris ici même, dit-il sans changer de ton. Ne vous tourmentez pas, continuez. Combien de jours sont-ils restés ces tourtereaux?

Le braiment obscène déchira à nouveau le matin,

plus proche, et Lituma entendit aussi un bruit de galop. « Il se l'est envoyée », déduisit-il.

– Deux seulement, répondit Doña Lupe. Ils attendaient le curé. Mais le père Ezequiel était en voyage. Il est toujours parti. Il dit qu'il va baptiser et marier dans les hameaux de la sierra, qu'il va à Ayabaca en pèlerinage parce qu'il est tout dévoué au Seigneur Captif, mais qui sait? On dit tant de choses de tous ces voyages. Je leur ai dit ne l'attendez pas davantage, il peut tarder une semaine, dix jours, qui sait combien de temps? Ils allaient partir le lendemain matin à San Jacinto. C'était un dimanche et je leur ai conseillé moi-même de se rendre là-bas. Le dimanche un prêtre de Sullana va à San Jacinto dire la messe. Il pouvait les marier, donc, dans la petite chapelle du hameau. C'était ce qu'ils voulaient par-dessus tout au monde, un curé pour les marier. Ici, c'était par plaisir qu'ils continuaient à attendre. Allez-vous-en, partez à San Jacinto.

– Mais les tourtereaux n'ont pas réussi à partir ce dimanche, l'interrompit le lieutenant.

– Non, murmura, atterrée, Doña Lupe.

Elle resta muette et regarda l'officier dans les yeux, puis Lituma et à nouveau le lieutenant. Elle tremblait et claquait des dents.

– Parce que..., l'aida l'officier en martelant les mots.

– Parce qu'ils sont venus les chercher le samedi soir, lâcha-t-elle, les yeux exorbités.

Il ne faisait pas encore sombre. Le soleil était une boule de feu entre les eucalyptus et les caroubiers, le zinc de quelques toits brillait dans l'éclat du crépuscule et c'est alors qu'elle faisait la cuisine, penchée sur le fourneau, qu'elle aperçut l'auto. Elle sortit de la route, tourna vers Amotape et, cahotant, ronflant, soulevant la poussière, alla tout droit jusqu'à la place. Doña Lupe ne la quittait pas des yeux, en la voyant s'approcher. Eux aussi ils l'entendirent et la virent. Mais ils n'y prirent pas garde jusqu'à ce qu'elle freinât près de l'église. Ils étaient assis là, ils s'embrassaient. Ils s'embrassaient tout le temps. Ça suffit, ça suffit, vous donnez le mauvais exemple aux gosses. Bavardez plutôt ou chantez.

– Parce qu'il chantait joliment, hein? murmura le lieutenant en l'incitant à poursuivre. Des boléros, surtout.

– Et aussi des valses créoles, des tonderos, acquiesça la femme. – Elle soupira si fort que Lituma en tressaillit. – Et même des cumananas, ces chants de Noirs où l'on se défie à deux. Il le faisait très bien, il était si gracieux.

– La bagnole est arrivée à Amotape et vous l'avez vue, lui rappela le lieutenant. Ils se sont mis à courir? à se cacher?

– Elle voulait qu'il s'échappe, qu'il se cache. Elle lui faisait peur en lui disant sauve-toi mon amour, va-t'en mon amour, cours, cours, ne reste pas là, je ne veux pas que...

– Non, mon amour, rends-toi compte, tu as été à moi, nous avons passé deux nuits ensemble, tu es désormais ma femme. Maintenant personne ne pourra s'opposer. Ils devront accepter notre amour. Je ne pars pas. Je vais l'attendre, lui parler.

Elle, de plus en plus effrayée, sauve-toi, cours, ils vont te, ils peuvent te je ne sais pas, échappe-toi, je vais détourner leur attention, je ne veux pas qu'on te tue, mon amour. Elle était si effrayée que Doña Lupe sentit aussi la peur la gagner :

– Qui sont-ils, leur demanda-t-elle en désignant l'auto toute poussiéreuse, les silhouettes qui descendaient et se découpaient, sombres, sans visage, sur l'horizon incendié. Qui vient là? Mon Dieu, mon Dieu, qu'est-ce qui va se passer?

– Qui était-ce, Doña Lupe? souffla une série de ronds de fumée le lieutenant Silva.

– Qui cela pouvait-il être, murmura la femme, presque sans écarter les dents, dans un accès de fureur qui gomma sa peur. Qui, sinon vous?

Le lieutenant Silva ne broncha pas :

– Nous? La gendarmerie? Vous voulez dire plutôt la police militaire, les gens de la base aérienne de Talara. N'est-ce pas?

– Vous, les gars en uniforme, murmura la femme, à nouveau apeurée. Est-ce que ce n'est pas la même chose?

– En réalité, non, sourit le lieutenant Silva. Mais peu importe.

Et à ce moment, sans se distraire nullement des révélations de Doña Lupe, Lituma les vit. Ils étaient là, se protégeant du soleil sous le toit de chaume, assis l'un contre l'autre et les doigts entrelacés, un instant avant que le malheur ne fondît sur eux. Il avait penché sa tête aux boucles noires et courtes sur l'épaule de la jeune fille et, lui frôlant l'oreille de ses lèvres, il lui chantait, Deux cœurs que Dieu

98

au monde avait réunis, toi et moi, deux êtres qui s'aimaient pour la vie. Émue par la tendresse et la délicatesse de la chanson, elle avait le regard humide et, pour mieux entendre le chant ou par coquetterie, elle haussait un peu l'épaule et fronçait son petit visage de jeune fille amoureuse. Il n'y avait pas trace d'antipathie ni d'arrogance dans ces traits adolescents adoucis par l'amour. Lituma sentit une tristesse accablante s'emparer de lui en apercevant, par où sans doute il avait dû surgir, précédé du tonnerre de son moteur, dans un nuage de poussière jaune, le véhicule de l'armée. Il avait parcouru le hameau d'Amotape aux heures du crépuscule et, après quelques minutes atroces, il s'était immobilisé à quelques mètres de cette baraque sans porte où ils se trouvaient maintenant. « Au moins, durant ces deux jours passés en ce lieu, il avait dû être heureux », pensa-t-il.

– Seulement deux? interrogea le lieutenant.

Lituma fut surpris de voir son chef aussi surpris. Il évitait de le regarder dans les yeux, par une obscure superstition.

– Seulement deux, répéta la femme, effrayée, hésitante. – Elle ferma les yeux comme si elle le revoyait en mémoire pour s'assurer qu'elle ne s'était pas trompée. – Personne d'autre. Ils sont descendus de la jeep et il n'y avait personne d'autre. Parce que c'était une jeep, on la voyait bien maintenant. Il n'y avait que deux hommes, j'en suis sûre. Pourquoi, monsieur?

– Pour rien, dit le lieutenant en écrasant son mégot. J'imaginais qu'une patrouille au moins était venue les chercher. Mais si vous n'avez vu que deux hommes, c'est qu'ils n'étaient que deux, pas de problème. Continuez, madame.

Un autre braiment interrompit Doña Lupe. Il s'éleva dans l'atmosphère échaudée de midi, prolongé, profond, modulé, drôle, lubrique, et aussitôt les enfants qui jouaient par terre se levèrent et sortirent en courant ou à quatre pattes, morts de rire et de malice. Ils allaient voir l'ânesse, pensa Lituma, ils allaient voir comme la montait l'onagre qui la faisait ainsi braire.

– Est-ce que tu vas bien? dit l'ombre du plus vieux, l'ombre de celui qui ne tenait pas de revolver à la main. Est-ce qu'il t'a fait mal? Tu vas bien?

La nuit était tombée en quelques secondes. Dans le peu de temps qu'avaient mis les deux hommes à parcourir la distance entre la jeep et la baraque le soir était devenu la nuit.

– Si tu lui fais quelque chose, je me tuerai, dit la jeune fille, sans crier, avec un air de défi, les talons bien plantés sur le sol, les poings serrés, le menton vibrant. Si tu lui fais quoi que ce soit, je me tuerai. Mais avant je dirai tout au monde entier. Ils mourront tous de dégoût et de honte de toi.

Doña Lupe tremblait comme une feuille :

– Que se passe-t-il, monsieur, qui êtes-vous, qu'est-ce que je peux pour vous, c'est une maison modeste ici, je ne fais de mal à personne, je suis une pauvre femme.

Celui qui tenait l'arme, l'ombre dont le regard s'enflammait chaque fois qu'il se portait sur le garçon – parce que le plus vieux ne regardait que la

100

jeune fille – s'approcha de Doña Lupe et lui flanqua son revolver entre ses deux seins flasques :

– Nous ne sommes pas là, nous n'existons pas, compris? ordonna-t-il, ivre de haine et de colère. Si vous ouvrez la bouche, vous êtes morte. Je vous tuerai moi-même, comme une chienne. Compris?

Elle se laissa tomber à genoux, l'air implorant. Elle ne savait rien, elle ne comprenait rien. Qu'avait-elle fait, monsieur? Rien, rien, accueillir deux jeunes gens qui lui avaient demandé pension. Au nom du Seigneur, au nom de la Sainte Vierge, monsieur, n'allez pas tirer, ne causez pas de malheur à Amotape.

– Le plus jeune disait-il au plus vieux « mon colonel »? l'interrompit le lieutenant Silva.

– Je ne sais pas, monsieur, répliqua-t-elle en cherchant dans sa tête. – Elle tâchait de deviner ce qu'il convenait de savoir et de dire : – Mon colonel? Le plus jeune au plus vieux? Peut-être bien que oui, peut-être bien que non. Je ne m'en souviens pas. Je suis pauvre et ignorante, monsieur. Je n'ai rien cherché de tout ça, le pur hasard. L'homme au revolver m'a dit que si j'ouvrais la bouche, si je racontais ce que je suis en train de vous raconter, il reviendrait me flanquer une balle dans la tête, une autre dans le ventre et une autre plus bas. Qu'est-ce que je fais, qu'est-ce que je vais faire. J'ai perdu mon mari, le tracteur l'a écrabouillé. J'ai six enfants et je peux à peine leur donner à manger. J'en ai eu treize et j'en ai perdu sept. Si on me tue, les six autres vont mourir de faim. Est-ce que c'est juste tout ça?

– Celui qui tenait le revolver était-il officier?

insista le lieutenant. Avait-il un galon sur l'épaulet-
te? Un seul insigne sur son béret?

Lituma pensa qu'il y avait transmission de pensée. Son chef posait des questions qui lui venaient
aussi à l'esprit. Il haletait et la tête lui tournait.

– Je ne sais rien de ces choses, hurla la femme.
Ne me faites pas perdre la tête, vous me posez des
questions que je ne comprends pas. Qu'est-ce que
c'est officier, qu'est-ce que c'est un galon?

Lituma l'entendait mais il les voyait à nouveau,
nettement, malgré l'ombre bleue qui avait enveloppé Amotape. Doña Lupe, à genoux, pleurnichait
devant le jeune officier frénétique et gesticulant, là,
entre sa baraque et la rue; le vieux regardait avec
amertume, douleur, dépit la jeune fille pleine de
défi qui protégeait de son corps son ami et l'empê-
chait d'avancer et de parler aux nouveaux venus. Il
voyait aussi, comme maintenant, les rues vidées par
leur arrivée et enfermés dans leurs maisons les
vieillards et les enfants, et même les chiens et les
chèvres d'Amotape, craignant tous de se voir mêlés
à une sale affaire.

– Toi tu te tais, tu ne parles pas, qui es-tu, de quel
droit, qu'est-ce que tu fais ici, disait la jeune fille le
corps en avant, contenant, éloignant l'officier, l'em-
pêchant d'avancer, de parler. – Et en même temps
elle continuait à menacer l'ombre du plus vieux : –
Je me tuerai et je dirai tout à tout le monde.

– Je l'aime de toute mon âme, je suis un homme
d'honneur, je l'adorerai toute ma vie et je la rendrai
heureuse, balbutiait le petit gars.

Il ne pouvait, malgré ses efforts, écarter le bouclier du corps de la jeune fille et s'avancer. Le vieil homme dans l'ombre ne se tourna pas non plus vers lui, concentré qu'il était sur la jeune fille comme si à Amotape, au monde, il n'existait personne d'autre qu'elle. Mais le jeune homme en l'entendant fit demi-tour et se précipita sur lui, en jurant entre ses dents, le revolver brandi comme s'il allait le lui flanquer sur la tête. La jeune fille s'interposa, lutta contre lui et alors le vieil homme dans l'ombre, sec et cassant, ordonna, une seule fois : « Ça suffit. » L'autre obéit aussitôt.

– Il a dit seulement « Ça suffit » ? demanda le lieutenant Silva. Ou bien « Ça suffit, Dufó » ? Ou encore « Ça suffit, lieutenant Dufó » ?

Plus que de la transmission de pensée, cela relevait du miracle. Son supérieur posait les questions en usant des mêmes mots qui venaient à l'esprit de Lituma.

– Je ne sais pas, jura Doña Lupe. Je n'ai entendu aucun nom. J'ai su seulement que lui s'appelait Palomino Molero quand j'ai vu les photos dans le journal de Piura. Je l'ai reconnu tout de suite. Mon cœur s'est brisé, monsieur. C'était lui, le petit gars qui avait enlevé la jeune fille et l'avait amenée à Amotape. Je n'ai pas su alors et je ne sais pas maintenant non plus comment elle s'appelait pas plus que les deux hommes qui étaient venus les chercher. Ne me le dites pas, je vous en prie, si vous le savez. Est-ce que je ne suis pas en train de coopérer avec vous ? Ne me dites pas leur nom !

– N'aie pas peur, ne crie pas, ne dis pas ces choses-là, murmura le plus vieux dans l'ombre. Ma petite fille, ma petite fille chérie. Comment pourrais-tu me menacer? Me tuer, toi?

— Si tu lui fais la moindre chose, si tu lui touches un cheveu, le défia la jeune fille.

Dans le ciel, derrière le voile bleuâtre, les ombres prenaient de l'épaisseur et les étoiles brillaient maintenant. Quelques lueurs commencèrent à scintiller entre les roseaux, le torchis des murs et les grillages d'Amotape.

— Je vous donne plutôt la main et de tout cœur je vous dis : « Je vous pardonne », murmura le vieil homme dans l'ombre.

Il tendit, en effet, son bras, quoique sans le regarder encore. Doña Lupe se sentit ressusciter. Elle vit qu'ils se donnaient la main. Le jeune homme pouvait à peine parler.

— Je vous le jure, je ferai tout, s'étouffait-il d'émotion, elle est la lumière de ma vie, ce qu'il y a de plus sacré pour moi, elle...

— Et vous deux aussi, serrez-vous la main, ordonna l'ombre du plus vieux. Sans rancune. Il n'y a plus de chefs ni de subordonnés. Plus rien du tout. Seulement deux hommes, trois hommes qui règlent leurs affaires d'égal à égal, comme doivent le faire les hommes. Es-tu contente maintenant? Es-tu tranquille à la fin? Ça y est, ce mauvais moment pour tous est passé. Et maintenant, partons d'ici.

Il se dépêcha de sortir son portefeuille, de la poche arrière de son pantalon. Doña Lupe sentit qu'on lui mettait des billets crasseux dans la main et elle entendit une voix courtoise la remercier du dérangement et lui recommander de tout oublier.

Puis, elle vit l'ombre du plus vieux sortir et avancer vers la jeep, les portes encore ouvertes. Mais le garçon au revolver, avant de partir, le lui reflanqua sur la poitrine :

– Si vous ouvrez la bouche, vous savez ce qui vous attend. A bon entendeur...

– Et le petit gars et la jeune fille sont, donc, montés aussi sec et bien tranquillement dans la jeep ? Et ils sont partis avec eux ?

Le lieutenant ne le croyait pas, à en juger d'après l'air qu'il prenait en posant ces questions. Lituma non plus.

– Elle ne voulait pas, elle se méfiait et elle a essayé de l'en empêcher, dit Doña Lupe. Restons ici, criait-elle, ne le crois pas, ne le crois pas.

– Allons, venez une fois pour toutes, ma petite fille, les encourageait de l'intérieur de la jeep la voix du plus vieux. C'est un déserteur, ne l'oublie pas. Il doit rentrer à la base. Il faut arranger cela au plus vite, effacer cette tache de ses états de service. En pensant à son avenir, ma petite fille. Allons, allons.

– Oui, mon amour, il a raison, il nous a pardonné, allons-y, écoutons-le, montons, insistait le jeune homme. Moi j'ai confiance en lui. Comment ne pas l'avoir dans une personne telle que lui ?

« Une personne telle que lui. » Lituma sentit une larme rouler sur sa joue jusqu'aux commissures de ses lèvres. Elle était salée, une gouttelette d'eau de mer. Il continuait à entendre, comme une rumeur marine, Doña Lupe, interrompue de temps en temps par les questions du lieutenant. Il comprenait vaguement que la femme ne racontait rien de plus que ce qu'elle avait raconté auparavant sur le sujet pour lequel ils étaient venus enquêter. Elle se lamentait sur sa malchance, sur ce qui allait se passer, elle demandait au ciel quel péché elle avait commis pour se voir mêlée à une histoire aussi horrible. Parfois, un sanglot lui échappait. Mais rien de ce qu'elle disait n'intéressait plus Lituma. Comme une espèce de somnambule, il continuait à voir le couple heureux, jouissant de sa lune de miel prématrimoniale dans les humbles venelles d'Amotape : lui, un petit métis du quartier de Castilla ; elle une jeune fille blanche de bonne famille. En amour il n'est pas de grade, comme dit la chanson. Dans ce cas plus encore : l'amour avait brisé les préjugés sociaux et raciaux, l'abîme économique. L'amour qu'ils avaient dû ressentir l'un pour l'autre avait sûrement été intense, irrésistible, pour expliquer ce qu'ils avaient fait. « Je n'ai jamais ressenti un amour comme ça, se dit-il. Pas même cette fois où j'étais amoureux de Meche, la petite amie de Josefino. » Non, il s'était amouraché quelquefois, mais c'étaient des caprices qui s'évanouissaient quand la fille cédait ou résistait tant qu'il se lassait. Mais jamais un amour ne lui avait paru assez impérieux pour risquer sa vie, comme l'avait fait ce petit gars, ou pour défier le monde entier, comme cette jeune fille. « Je ne suis peut-être pas né pour ressentir le véritable amour, pensa-t-il. Peut-être bien qu'à force d'aller voir les putes avec les indomptables, mon cœur s'est dégueulassé et je suis devenu incapable d'aimer une femme comme ce petit gars. »

106

– Qu'est-ce que je vais faire maintenant, monsieur? entendit-il implorer Doña Lupe. Conseillez-moi, donc.

Le lieutenant, debout, demandait combien ça faisait la chicha et le plat de viande. Quand la femme dit rien, rien, il insista. En aucune façon, madame, il n'était pas de ces policiers profiteurs et salauds, lui il payait ce qu'il consommait, qu'il fût en service ou pas.

– Mais dites-moi au moins ce que je dois faire maintenant, supplia Doña Lupe au comble de l'angoisse. – Elle avait les mains jointes, comme si elle priait. – Ils vont me tuer tout comme ce pauvre garçon. Vous ne vous rendez pas compte? Je ne sais pas où aller, je n'ai personne. Est-ce que je n'ai pas coopéré comme vous me l'avez demandé? Dites-moi ce que je fais maintenant.

– Eh bien! vous vous taisez, Doña Lupe, dit le lieutenant sur un ton affable, en mettant l'argent du repas près de la petite calebasse de chicha qu'il avait bue. Personne ne vous tuera. Personne ne viendra vous embêter. Menez votre vie habituelle et oubliez ce que vous avez vu, ce que vous avez entendu et aussi ce que vous nous avez raconté. A un de ces jours.

Il porta deux doigts à la visière de son képi, en un geste d'adieu habituel chez lui. Lituma se leva à toute hâte et, oubliant de dire au revoir à la patronne de la gargote, il le suivit. Sortir à l'air libre, recevoir le soleil vertical droit dessus, sans le filtre des canisses, ce fut comme entrer en enfer. Au bout de quelques secondes, il sentait sa chemise

107

kaki trempée de sueur et la tête lui bourdonnait. Le lieutenant Silva marchait avec une apparente désinvolture; lui, en revanche, enfonçait ses bottes dans le sable et avançait péniblement. Ils parcouraient une rue sinueuse, l'artère principale d'Amotape, en direction du terrain vague et de la route. En passant, Lituma remarquait en douce les grappes humaines derrière les palissades des baraques, les regards curieux et inquiets des habitants. En les voyant arriver, ils s'étaient cachés, redoutant la police, mais, il en était sûr, sitôt qu'ils auraient quitté Amotape, ils se précipiteraient en cohue chez Doña Lupe pour lui demander ce qui s'était passé, ce que nous lui avions dit et fait. Les deux gendarmes marchaient, muets, plongés dans leurs pensées, le lieutenant deux ou trois pas en avant. Quand ils franchirent les dernières maisons du hameau, un chien galeux vint vers eux et leur montra les dents. Sur le sable, des lézards apparaissaient et disparaissaient furtivement sous les pierres. Lituma pensa que sur ces terres à l'abandon il devait y avoir aussi des renards. Le petit gars et la jeune fille, les deux jours qu'ils avaient passés réfugiés à Amotape, les avaient sûrement entendus glapir la nuit, quand ils venaient rôder, affamés, autour des poulaillers et des enclos. La jeune fille s'effrayait-elle de ces glapissements? Se serrait-elle contre lui en tremblant, en cherchant sa protection et lui la calmait-il en lui murmurant des mots tendres à l'oreille? Ou, dans leur grand amour, étaient-ils la nuit si rompus de fatigue, si absorbés, qu'ils n'écoutaient même pas les bruits du monde? Avaient-ils fait l'amour pour la première fois ici à Amotape? Ou auparavant, peut-être dans les dunes qui entouraient la base aérienne de Piura?

Lorsqu'ils arrivèrent en bordure de la route, Lituma était trempé des pieds à la tête, comme s'il s'était plongé tout habillé dans un bassin. Il vit que le pantalon vert et la chemise crème du lieutenant Silva avaient aussi de grandes auréoles de transpiration et que son front était constellé de gouttelettes. On ne voyait aucun véhicule. Son chef, d'un geste résigné, haussa les épaules. « Patience », murmura-t-il. Il tira un paquet d'Incas, offrit une cigarette à Lituma et en alluma une. Durant un moment ils fumèrent en silence, accablés de chaleur, en pensant, en observant les mirages de lacs, fontaines et mers devant eux, dans l'interminable paysage de sable. Le premier camion qui passa en direction de Talara ne s'arrêta pas, en dépit des gestes frénétiques qu'ils lui firent tous deux avec leurs képis.

— Dans mon premier poste, à Abancay, sorti frais émoulu de l'école d'officiers, j'avais un chef qui ne supportait pas ces plaisanteries. Un capitaine qui, dans ces cas-là, sais-tu ce qu'il faisait, Lituma? Il tirait son revolver et leur crevait les pneus. — Le lieutenant regarda amèrement le camion qui s'éloignait. — On l'avait surnommé le capitaine Trousse-chemises, parce qu'il était très coureur. Est-ce que tu n'aurais pas envie de faire la même chose avec cet enfant de salaud?

— Oui, mon lieutenant, murmura l'indomptable, distrait.

L'officier l'examina avec curiosité.

– Tu es très impressionné par ce que tu as entendu, n'est-ce pas?

Le garde fit oui de la tête.

– Je n'arrive pas à croire encore tout ce que cette dame nous a dit. Ce qui s'est passé dans ce trou perdu.

Le lieutenant projeta son mégot de l'autre côté de la piste, et épongea de son mouchoir, déjà trempé, son front et son cou.

– Oui, elle nous a dit des choses pas piquées des hannetons, reconnut-il.

– Je n'aurais jamais cru à cette histoire-là, mon lieutenant, dit Lituma. J'avais imaginé bien d'autres choses. Sauf celle-là.

– Cela veut-il dire que tu sais tout ce qui s'est passé avec le petit gars, Lituma?

– Bon, plus ou moins, mon lieutenant, balbutia le gendarme. – Et avec une certaine crainte, il ajouta : – Vous non?

– Moi, pas encore, dit l'officier. Encore une chose que tu dois apprendre : rien n'est facile, Lituma. Les vérités qui ressemblent le plus à la vérité, si tu les tournes et les retournes, si tu les regardes de près, elles ne le sont plus qu'à moitié ou elles cessent de l'être.

– Bon, oui, vous avez sûrement raison, murmura Lituma. Mais dans ce cas, est-ce que tout n'est pas clair?

– Pour l'instant, même si cela te semble incroyable, je ne suis même pas tout à fait sûr que ceux qui l'ont tué aient été le colonel Mindreau et le lieutenant Dufó, dit le lieutenant, sans la moindre trace d'ironie dans la voix, comme s'il réfléchissait à voix haute. Tout ce que je sais c'est que ceux qui sont venus les chercher ici et les ont emmenés c'étaient ces deux hommes-là.

— Je vais vous dire une chose, dit le gendarme en battant des paupières. Ce n'est pas cela qui m'a le plus impressionné. Mais, savez-vous quoi? Je sais maintenant pourquoi le petit gars s'est enrôlé comme volontaire à la base de Talara. Pour être près de la jeune fille qu'il aimait. Est-ce que vous ne trouvez pas extraordinaire qu'on puisse faire une chose comme ça? Qu'un garçon, exempté de service militaire, vienne et s'engage par amour, pour être à côté de sa petite femme chérie?

— Et pourquoi en es-tu tellement étonné? rit le lieutenant Silva.

— C'est hors du commun, insista le gendarme. Quelque chose qu'on ne voit pas tous les jours.

Le lieutenant Silva se mit à faire halte de la main à un véhicule qui s'approchait au loin.

— Alors tu ne sais pas ce que c'est que l'amour, l'entendit-il se moquer. Moi je me ferais simple soldat et troufion, curé ou éboueur, tiens, je boufferais même de la merde s'il le fallait, Lituma, pour être à côté de ma grassouillette.

VI

– Ça y est, qu'est-ce que je te disais? la voilà,
s'écria le lieutenant Silva, les jumelles vissées aux
yeux. – Il tendait un cou de girafe. – Ponctuelle
comme une Anglaise. Bonjour, la petite mère. Viens
donc, fous-toi à poil qu'on te voie une bonne fois.
Baisse-toi, Lituma, si elle nous pique elle va faire
demi-tour.

Lituma disparut derrière le rocher où ils s'étaient
postés depuis au moins une demi-heure. Était-ce
Doña Adriana ce petit nuage de poussière, là-bas au
loin, qui provenait de cette partie de la côte qu'on
appelle Punta Arena, ou sa lubricité donnait-elle des
visions au lieutenant Silva? Ils se trouvaient sur le
rocher aux crabes, promontoire naturel d'une petite
crique pierreuse, à l'eau tranquille, protégée des
vents du soir par un gros bloc de pierre et par divers
entrepôts de l'International Petroleum Company.
Derrière eux, dépliée en éventail, ils avaient la baie,
avec ses deux môles, la raffinerie hérissée de tubes,
d'escaliers et de tourelles métalliques et le désordre
du village. Comment le lieutenant avait-il découvert

que Doña Adriana venait se baigner ici, au crépuscule, quand le soleil rougissait et la chaleur tombait un peu? Parce que c'était vrai, le petit nuage de poussière au loin, c'était bien elle; le gendarme reconnaissait maintenant les formes dodues et la démarche balancée de la patronne du bistrot.

— C'est là la plus grande démonstration d'estime que j'ai jamais donnée à personne, Lituma, murmura le lieutenant, sans écarter ses jumelles de son visage. Tu vas voir le popotin de ma grosse, rien que ça. Et ses nichons. Et avec un peu de chance, sa petite chatte aussi et sa moumoute. Prépare-toi, Lituma, parce que tu vas mourir. Ce sera ton cadeau d'anniversaire, ta promotion. Quelle chance tu as d'avoir un chef comme moi, nom de Dieu.

Le lieutenant Silva parlait comme une pie depuis qu'ils étaient là, mais Lituma l'entendait à peine. Il était maintenant plus attentif aux crabes qu'aux plaisanteries de son chef ou à l'arrivée de Doña Adriana. Le rocher méritait bien son nom : il y en avait des centaines, peut-être des milliers. Chacun de ces petits trous dans la terre était une cachette. Lituma, fasciné, les voyait émerger comme de mouvants grains de terre, puis, une fois dehors, s'étirer et s'élargir jusqu'à récupérer cette forme incompréhensible qu'ils avaient et se mettre à courir, de biais, d'une façon si confuse qu'il était impossible de savoir s'ils avançaient ou reculaient. « Tout comme nous dans l'affaire de Palomino Molero », pensa-t-il.

— Baisse-toi, baisse-toi, qu'elle ne te voie pas, ordonna son chef à mi-voix. Quelle merveille, la voilà qui se met à poil.

113

Il songea que le rocher tout entier était troué de galeries creusées par les crabes. Et s'il s'écroulait soudain! Le lieutenant Silva et lui plongeraient dans des profondeurs obscures, sableuses, asphyxiantes, peuplées d'essaims de ces croûtes vivantes, armées de pinces. Avant de mourir, ils auraient une agonie cauchemardesque. Il tâta le sol. Très dur, heureusement.

– Prêtez-moi, donc, vos jumelles, grogna-t-il. Vous m'invitez à voir et voilà que vous regardez tout seul, mon lieutenant.

– Ce n'est pas pour rien que je suis ton chef, con de mes deux, sourit le lieutenant. – Mais il lui tendit ses jumelles. – Regarde vite. Je ne veux pas que tu me deviennes vicieux.

Le gendarme ajusta les jumelles à sa vue et regarda. Il vit Doña Adriana, là en bas, collée au bloc de pierre qui se déshabillait bien tranquillement. Savait-elle qu'elle était épiée? Tardait-elle ainsi pour exciter le lieutenant? Non, ses gestes avaient la mollesse et la désinvolture de quelqu'un qui se croit à l'abri des regards. Elle avait plié sa robe et elle se mit sur la pointe des pieds pour la placer sur un rocher où les embruns de la mer n'arrivaient pas. Tout comme son chef l'avait dit, elle portait un jupon rose et court, et Lituma aperçut ses cuisses, grosses comme .es troncs de laurier, et ses seins qui ressortaient jusqu'au bord même du mamelon.

– Qui aurait dit qu'à son âge Doña Adriana possédait d'aussi jolis charmes, s'étonna-t-il.

– Ne regarde pas autant, tu vas me l'abîmer, le gronda le lieutenant en lui arrachant les jumelles. En

réalité le meilleur est pour maintenant, dans l'eau.
Quand le jupon se colle à son corps, il devient
transparent. Ce n'est pas un spectacle pour des
gendarmes, Lituma. C'est réservé seulement aux
officiers.

Le gendarme rit, par amabilité, non qu'il ne
trouvât drôles les plaisanteries du lieutenant. Mais il
se sentait mal à l'aise et impatient. Était-ce à cause de
Palomino Molero? Peut-être. Depuis qu'il l'avait vu
empalé, crucifié et brûlé sur son arbre, il avait
l'impression qu'il n'arriverait plus jamais à le chasser de son esprit. Il croyait auparavant qu'une fois
découverts les auteurs et le mobile du crime, il s'en
libérerait. Mais maintenant, quoique le mystère se
fût plus ou moins éclairci, l'image du jeune homme
restait dans sa tête jour et nuit. « Tu m'empoisonnes
l'existence, foutu garçon », pensa-t-il. Il décida qu'il
demanderait une permission à son chef cette fin de
semaine pour se rendre à Piura. C'était le jour de la
paye. Il irait chercher ses amis les indomptables et
les inviterait à quelques bonnes tournées au bar de la
Chunga. Ils finiraient la nuit à la Maison Verte, chez
les putes. Voilà qui lui ferait du bien, bordel de
merde.

– Ma grassouillette appartient à une race supé-
rieure de femmes, murmura le lieutenant Silva.
Celles qui ne portent pas de culotte. Regarde,
Lituma, regarde l'avantage pour une femme d'aller
dans la vie sans culotte.

Il lui tendit les jumelles, mais Lituma eut beau
aiguiser son regard il ne put voir grand-chose. Doña
Adriana se baignait en bordure du rivage, barbotant,

se jetant de l'eau avec ses mains, et entre les gouttes dont elle s'aspergeait et l'écume des vaguelettes, tout ce qu'on pouvait apercevoir de son corps, malgré la transparence du jupon, c'était peau de balle.

– Je ne dois pas avoir bonne vue, ou, pour mieux dire, votre grande imagination, mon lieutenant, se plaignit-il en lui rendant les jumelles. A dire vrai, je ne vois que la mousse d'écume.

– Alors tant pis pour ta gueule, rétorqua le lieutenant en remettant les jumelles contre ses yeux. Moi en revanche, je la vois le plus joliment du monde. De haut en bas, par-devant et par-derrière. Et si tu veux le savoir je peux te dire que sa moumoute est aussi frisée que celle d'une mulâtresse. Et même combien de poils, si tu me le demandes. Je les vois si clairement que je pourrais les compter un par un.

– Et quoi encore? dit derrière eux la voix de la jeune fille.

Lituma en tomba assis. En même temps il tourna la tête si brusquement qu'il se froissa un nerf. Alors même qu'il voyait qu'il n'en était rien, il continuait de penser que ce n'était pas une femme qui avait parlé, mais un crabe.

– Quelles autres cochonneries allez-vous dire? demanda la jeune fille. – Elle avait ses petits poings sur les hanches, comme un toréador en position. – Quels autres gros mots en plus de ceux que vous avez dits. Y en a-t-il d'autres dans le dictionnaire? Je les ai tous entendus. Et en plus j'ai vu ce que vous êtes en train de faire. C'est plutôt dégueulasse. Vous me dégoûtez.

Le lieutenant Silva se pencha pour ramasser ses jumelles, qui lui étaient tombées des mains lorsqu'il avait entendu la jeune fille. Lituma, encore assis par terre, vaguement conscient d'avoir écrasé en tombant la carapace vide d'un crabe, vit que son chef avait du mal à revenir de sa surprise. Il secouait le sable de son pantalon, gagnant du temps. Il le vit faire un signe de la tête, l'entendit dire :

– Il est dangereux de surprendre ainsi l'autorité dans son travail, mademoiselle. Et si en me retournant à moitié je vous avais tiré dessus ?

– Dans votre travail ? le défia cette dernière avec un éclat de rire sarcastique. Épier les femmes qui se baignent c'est votre travail ?

C'est alors seulement que Lituma s'aperçut que c'était la fille du colonel Mindreau. Oui, Alicita Mindreau. Son cœur bondit dans sa poitrine. D'en bas parvenait la voix furieuse de Doña Adriana. Elle les avait découverts à cause du bruit. Comme en rêve il la vit sortir à quatre pattes de la mer et courir courbée, en se cachant, à la recherche de sa robe, tandis qu'elle leur montrait le poing et les menaçait.

– Non seulement vous êtes cochons, mais en plus cyniques, répéta la jeune fille. En voilà des flics. Encore pire que ce qu'on en dit.

– Ce rocher est un observatoire naturel, pour découvrir les barques qui apportent de la contrebande de l'Équateur, dit le lieutenant avec une conviction telle que Lituma se tourna pour le regarder, bouche bée. Pour le cas où vous ne le sauriez pas, mademoiselle. Par ailleurs, les insultes d'une dame sont des fleurs pour un homme. Faites-vous donc ce plaisir, si ça vous chante.

Du coin de l'œil, Lituma remarqua que Doña Adriana, vêtue n'importe comment, s'éloignait de la plage en direction de Punta Arena. Elle roulait des hanches, d'un pas énergique, et, de dos, elle leur adressait encore des gestes furieux. Elle devait sûrement les traiter de fils de pute, aussi. La fille était restée silencieuse et les regardait comme si sa fureur était tombée d'un coup. Elle était couverte de poussière des pieds à la tête. Impossible de savoir de quelle couleur était le chemisier sans manches et le jean qu'elle portait, car ses vêtements, tout comme ses mocassins et le ruban noué dans ses cheveux courts avaient la même couleur ocre gris que les dunes environnantes. Lituma la trouva encore plus maigrichonne que le jour où il l'avait vue faire irruption dans le bureau du colonel Mindreau. Presque sans buste et les hanches étroites, elle était, comme son chef disait péjorativement, plate comme une limande. Son petit nez prétentieux qui semblait censurer l'odeur des gens, lui parut encore plus orgueilleux que cette fois-là. Elle les flairait comme s'ils n'avaient pas passé l'examen. Avait-elle seize ans? dix-huit?

– Que fait une demoiselle comme vous au milieu de tous ces crabes? dit aimablement le lieutenant Silva considérant l'incident clos.

Il rangea ses jumelles dans leur étui et se mit à nettoyer ses verres fumés avec son mouchoir.

– C'est un peu loin de la base aérienne pour venir vous promener. Et si l'une de ces bestioles vous mordait? Que vous est-il arrivé? Vous avez crevé un pneu de votre vélo?

Lituma aperçut la bicyclette d'Alicia, également couverte de poussière, vingt mètres plus bas, au pied du rocher. Le gendarme observait la jeune fille et essayait de voir, à ses côtés, Palomino Molero. Ils se tenaient la main, ils se disaient des mots tendres en se buvant des yeux. Elle, battant des cils comme un papillon, lui murmurait à l'oreille : « Chante-moi, tiens, chante-moi quelque chose de mignon. » Non, il ne pouvait pas, c'était impossible de les imaginer ainsi.

— Mon père sait que vous avez fait parler Ricardo, dit-elle brusquement d'un ton coupant. — Elle redressait le menton et ses yeux mesuraient l'effet produit par ses paroles. — En profitant qu'il était beurré, l'autre nuit.

Le lieutenant resta imperturbable. Il mit ses lunettes sombres, le geste économe, et se mit à descendre du rocher vers le chemin en se laissant glisser comme sur un toboggan. En bas, il secoua la poussière de ses vêtements avec de grands gestes des mains.

— Le lieutenant Dufó s'appelle Ricardo? demanda-t-il. Alors on doit l'appeler Richard chez les Mindreau.

— Il sait aussi que vous êtes allés à Amotape enquêter chez Doña Lupe, ajouta la jeune fille sur un ton moqueur. — Elle était plutôt petite, menue, avec des formes à peine dessinées. On ne pouvait pas dire qu'elle fût une beauté. Palomino Molero s'était-il épris d'elle uniquement à cause de ce qu'elle était? — Il sait tout ce que vous avez fait.

119

Pourquoi parlait-elle ainsi? Pourquoi disait-elle les choses d'une façon aussi étrange? Parce que Alicia ne semblait pas les menacer mais, plutôt, se moquer d'eux ou s'en amuser, comme si elle faisait une bonne blague. Lituma aussi descendait maintenant du rocher, par petits bonds, derrière la jeune fille. Entre ses bottes les crabes fuyaient, en zigzaguant. Et personne autour d'eux. Les hommes des entrepôts avaient dû partir aussi depuis un moment, car les portes étaient fermées et l'on n'entendait aucun bruit à l'intérieur. Là en bas, dans la baie, un remorqueur sillonnait la mer, entre les môles, dégageant une boucle de fumée grise et cornant à chaque instant. Des groupes humains fourmillaient sur la plage.

Ils étaient arrivés au sentier qui, du rocher, conduisait jusqu'au grillage qui séparait les installations de l'International et le bourg de Talara. Le lieutenant prit la bicyclette et la fit avancer d'une seule main. Ils marchaient lentement, tous trois sur un même rang. Sous leurs pieds craquaient les carapaces ou quelque crabe écrasé.

– Je vous ai suivis depuis le poste de gendarmerie et vous ne vous en êtes même pas aperçu, dit-elle du même ton imprévisible, mi-furieux mi-moqueur. Au grillage on ne voulait pas me laisser passer, mais je les ai menacés de mon père et ils m'ont laissée. Vous ne m'avez même pas sentie. Je vous ai entendus dire toutes ces grossièretés et vous dans la lune. Si je ne vous avais pas parlé, j'aurais pu être encore là à vous épier.

Le lieutenant acquiesça, en riant tout bas. Il

hochait la tête d'un côté et d'autre, en souriant de ses paroles.

– Quand les hommes sont entre eux, ils disent des gros mots, s'excusa-t-il. On est venus faire une inspection, dénicher quelque contrebandier. Ce n'est pas notre faute si quelques personnes de Talara ont eu l'idée de venir se baigner ici à la même heure. Ce sont les coïncidences de la vie. N'est-ce pas, Lituma?

– Oui, mon lieutenant, acquiesça le gendarme.

– En tout cas, nous sommes à vos ordres, mademoiselle Mindreau, ajouta l'officier d'une voix sucrée. Que pouvons-nous faire pour vous? Ou préférez-vous que nous parlions au poste? A l'ombre et en buvant une limonade, on bavarde bien mieux. Je dois vous dire, pourtant, que notre poste n'est pas aussi confortable que la base aérienne de votre père.

La jeune fille ne dit rien. Lituma eut l'impression de sentir couler son sang dans ses veines, lent, épais, rouge sombre, et il entendait battre son pouls et ses tempes. Ils franchirent le grillage et le gendarme de service – Lucio Tinoco, de Huancabamba – salua militairement le lieutenant. Il y avait aussi trois sentinelles, du service de sécurité de l'International Company. Ils observèrent la jeune fille, surpris de la voir avec eux. Était-on au courant, dans le pays, de leur virée à Amotape? Ce n'était pas de la faute de Lituma, en tout cas. Il avait scrupuleusement respecté l'ordre de son chef de ne pas dire un mot à personne de ce que leur avait raconté Doña Lupe. Ils passèrent devant l'hôpital de la compagnie, avec ses

121

bois brillant de peinture verte. A la capitainerie du port, deux marins montaient la garde, le fusil à l'épaule. L'un d'eux fit un clin d'œil à Lituma comme pour lui dire : « Te voilà en bonne compagnie! » Un vol de mouettes passa tout près, battant des ailes et criard. Le soir tombait. Entre les escaliers et les balustrades de l'hôtel Royal, le seul du bourg, Lituma vit le soleil commencer à se noyer dans la mer. Une tiédeur agréable, hospitalière, remplaçait les braises du jour.

— Le colonel Mindreau sait-il que vous êtes venue nous rendre visite? risqua délicatement le lieutenant Silva.

— Ne faites pas l'idiot, lança tout haut la jeune fille. Bien sûr qu'il n'en sait rien.

« Maintenant il le saura », pensa Lituma. Tous les gens avaient l'air étonné de les voir passer. Ils les suivaient du regard et papotaient entre eux.

— Êtes-vous seulement venue nous dire que le colonel avait appris que nous avions bavardé avec le lieutenant Dufó et Doña Lupe, d'Amotape? insista le lieutenant Silva.

Il parlait en regardant devant lui, sans se tourner vers Alicia Mindreau, et Lituma, qui marchait un peu en retrait, voyait qu'elle gardait elle aussi la tête droite, en évitant de tourner son visage vers l'officier.

— Oui, l'entendit-il répondre.

Il pensa : « Mensonge ». Qu'était-elle venue leur dire? Est-ce le colonel qui l'envoyait? En tout cas, il semblait lui en coûter; ou peut-être avait-elle perdu courage. Elle fronçait son visage, la bouche entrouverte et les narines palpitant d'anxiété. Sa peau était très blanche et ses cils très longs. Était-ce cet air délicat, fragile, d'enfant gâtée, qui avait follement séduit le petit gars? Quel que soit ce qu'elle était venue leur dire, elle s'en était repentie et ne le leur dirait pas.

– Très aimable de votre part de venir bavarder avec nous, murmura le lieutenant d'une voix mielleuse. Je vous en suis reconnaissant, vraiment.

Ils marchèrent quelque cinquante mètres encore, en silence, en écoutant les criaillements des mouettes et le ressac de la mer. Dans une des maisons de bois, des femmes ouvraient les poissons et leur retiraient adroitement les viscères. Autour d'elles, les babines retroussées, des chiens bondissaient, attendant les restes. Cela sentait mauvais et fort.

– Comment était Palomino Molero, mademoiselle? s'entendit-il dire, soudain.

Son dos se hérissa de surprise. Il avait parlé sans le vouloir, soudainement. Ni le lieutenant ni la fille ne se tournèrent pour le regarder. Maintenant, Lituma marchait un demi-mètre derrière eux, en trébuchant.

– Comme du bon pain, l'entendit-il dire. – Et après une pause : – Un ange tombé du ciel.

Elle ne le disait pas d'une voix tremblante, teintée d'amertume et de nostalgie. Ni de tendresse, non plus. Mais sur ce même ton insolite, mi-innocent mi-gouailleur, où perçait par instants un accent de colère.

– C'est ce que disent tous ceux qui l'ont connu, murmura Lituma, quand le silence commença à peser. Que c'était quelqu'un de très gentil.

– Vous avez dû souffrir beaucoup du malheur arrivé à ce garçon, mademoiselle Alicia, dit l'officier, au bout d'un moment. N'est-ce pas?

Alicia Mindreau ne répondit rien. Ils traversaient un ensemble de maisons à moitié construites, les unes sans toit, d'autres aux cloisons à moitié montées. Toutes avec des terrasses sur pilotis au milieu desquels la mer clapotait. La marée haute commençait, donc. Il y avait des vieux en tricot de peau assis sur les escaliers, des enfants nus ramassant des coquillages, et des groupes de femmes papotant. On entendait des éclats de rire et l'odeur du poisson était très forte.

– Mes amis m'ont dit que je l'ai entendu chanter une fois à Piura, il y a longtemps, s'entendit dire Lituma. Mais j'ai beau m'y efforcer, je ne me souviens pas. On dit qu'il chantait merveilleusement les boléros.

– Et toute la musique créole, corrigea la jeune fille en remuant la tête avec énergie. Et puis il jouait de la guitare comme un prince.

– C'est vrai, la guitare, s'entendit dire Lituma. C'était l'obsession de sa mère, Doña Asunta, une femme de Castilla. Récupérer la guitare de son fils. Qui la lui aura volée?

– C'est moi qui l'ai, dit Alicia Mindreau.

Sa voix se brisa soudain, comme si elle avait parlé sans le vouloir.

Ils restèrent silencieux à nouveau pendant un bon moment. Ils avançaient vers le cœur de Talara, et au fur et à mesure qu'ils pénétraient dans le dédale des rues l'affluence des gens augmentait. Derrière les

grilles, au sommet du rocher du phare et à Punta
Arena, où se trouvaient les maisons des gringos et
des riches employés de l'International, les lampa-
daires étaient déjà éclairés, bien qu'il fît encore jour.
Là-bas aussi en haut des falaises, à Tablazo, à la base
aérienne. A un bout de la baie, la tour d'un puits de
pétrole avait un panache de feu, rougeâtre et doré. Il
ressemblait à un gigantesque crabe se mouillant les
pattes.

— La pauvre dame disait : « Quand on trouvera la
guitare, on trouvera ceux qui l'ont tué », s'entendit
dire Lituma, toujours à mi-voix. Non que Doña
Asunta sût quelque chose. Pure intuition de mère et
de femme.

Il sentit que le lieutenant se tournait pour le
regarder et il se tut.

— Comment est-elle? dit la jeune fille.

Maintenant elle se tourna et, l'espace d'une seconde, le gendarme vit son visage : poussiéreux, pâle,
irascible, curieux.

— Vous voulez parler de Doña Asunta, la mère de
Palomino Molero? demanda-t-il.

— Est-ce une métisse? précisa la jeune fille, d'un
geste impatient.

Lituma crut entendre son chef et son petit rire.

— Eh bien! c'est une femme du peuple. Tout
comme tous ces gens que nous voyons, tout comme
moi, s'entendit-il dire et il fut surpris de l'irritation
qu'il mettait dans sa voix. Évidemment ce n'est pas la
même classe que vous ou que le colonel Mindreau.
C'est cela que vous vouliez savoir?

— Il n'avait pas l'air d'un métis, dit Alicia Min-

125

dreau, d'un ton plus doux et comme si elle parlait seule. Il avait les cheveux fins et même un peu blonds. Et c'était le garçon le mieux élevé que j'aie jamais vu. Ni Ricardo, ni même mon père ne sont aussi bien élevés que lui l'était. Personne n'aurait cru qu'il avait fait ses études dans un collège public et qu'il était du quartier de Castilla. Tout ce qu'il avait de métis c'était son prénom, Palomino. Et son second prénom était pire encore : Temístocles.

Lituma crut entendre à nouveau le petit rire de son chef. Mais il n'avait pas envie de rire des choses que disait la jeune fille. Il était déconcerté et intrigué. Ressentait-elle de la peine, de la fureur pour la mort du petit gars ? Il n'y avait pas moyen de le savoir. La fille du colonel parlait comme si Palomino Molero n'était pas mort de cette façon atroce qu'ils savaient, comme s'il était encore vivant. Ne serait-elle pas à moitié timbrée ?

– Où avez-vous connu Palomino Molero ? demanda le lieutenant Silva.

Ils étaient parvenus derrière l'église. Ce mur blanc servait d'écran pour le cinéma ambulant de M. Teotonio Calle Frías. C'était un cinéma sans toit ni chaises, à l'air libre. Les clients qui voulaient voir le film assis devaient apporter leur propre chaise. Mais la plupart des gens de Talara s'accroupissaient ou s'étendaient par terre. Pour franchir la ficelle qui limitait l'espace imaginaire du local, il fallait payer cinq réaux. Le lieutenant et Lituma jouissaient de l'entrée libre. Ceux qui ne voulaient pas payer un demi-sol, pouvaient voir le film à l'œil, à l'extérieur de la ficelle. On voyait, mais assez mal, et cela donnait le torticolis. Il y avait déjà pas mal de monde installé, attendant la tombée de la nuit. Don Teotonio Calle Frías alimentait son projecteur. Il n'en avait qu'un ; il fonctionnait grâce à une prise qu'il avait lui-même imaginée et qui permettait de voler l'électricité du lampadaire du coin de la rue. Après chaque bobine, il y avait une interruption, pour qu'il puisse charger la suivante. Les films étaient donc entrecoupés et devenaient très longs. Même comme cela, c'était toujours plein, surtout les mois d'été. « Depuis cette histoire du petit gars, je ne vais presque jamais au cinéma », pensa Lituma. Qu'est-ce qu'on donnait ce soir ? Un film mexicain, bien entendu : *Río Escondido*, avec Dolores del Río et Columba Domínguez.

– A la fête d'anniversaire de Lala Mercado, à Piura, dit soudain la jeune fille. – Elle tardait tellement à répondre que Lituma ne savait plus à quelle question elle répondait. – On l'avait engagé pour chanter. Toutes les filles disaient ce qu'il chante bien, quelle belle voix il a. Et aussi, il est joli garçon, on ne dirait pas un métis. C'est vrai, il n'en avait pas l'air.

« Ces espèces de Blancs », s'indigna Lituma.

– Vous a-t-il dédié quelque chanson ? demanda le lieutenant.

Ses façons étaient incroyablement respectueuses. A tout instant il découvrait une nouvelle tactique chez son chef. Cette dernière était celle des bonnes manières.

– Trois, acquiesça la jeune fille. *Bésame mucho*, *Rayito de luna* et *Muñequita linda*.

« Ce n'est pas une fille normale, elle est timbrée »,
décida le gendarme. La bicyclette d'Alicia Mindreau que le lieutenant Silva traînait de la main
gauche, s'était mise à grincer, avec un gémissement
aigu qui surgissait et cessait à intervalles réguliers.
Ce petit bruit monotone lui porta sur les nerfs.

– Et nous avons dansé, ajouta la jeune fille. Une
danse. Il a dansé avec toutes, une fois. Sauf avec
Lala Mercado, deux fois. Mais parce que c'était la
maîtresse de maison et que c'était son anniversaire,
et pas parce qu'elle lui plaisait davantage. Personne
ne trouvait mal qu'il dansât avec nous, on voulait
toutes être invitées par lui. Il se comportait comme
une personne bien élevée. Et il dansait merveilleusement.

« Une personne bien élevée », pensa Lituma,
s'écartant pour ne pas écraser une étoile de mer
desséchée, couverte de fourmis. Est-ce qu'Alicia
Mindreau considérait le lieutenant Silva comme
une personne bien élevée? Lui non, naturellement.
« Métis de mes deux », pensa-t-il. « Du quartier de
La Mangachería, et j'en suis fier. » Il clignait les
yeux et ne voyait pas le soir de Talara cédant
passage maintenant à la nuit qui tombait hâtive-
ment, mais plutôt l'élégance et l'agitation du salon
et du jardin, pleins de couples jeunes, bien mis,
dans ce quartier de Blancs proche de la sablière où
se trouvait le bar de la Chunga – Buenos Aires –,
dans la maison de cette Lala Mercado. Le petit
couple qui dansait dans ce coin, en se regardant
dans les yeux, c'étaient Alicia Mindreau et le petit
gars. Non, impossible. Et cependant, c'est ce qu'elle
racontait :

128

– Quand il m'a invitée à danser il m'a dit que dès qu'il m'avait vue, il était tombé amoureux de moi, l'entendit-il dire. – Il n'y avait même pas de mélancolie maintenant ou de tristesse dans sa voix. Elle parlait rapidement et sans cœur, comme si elle transmettait un message. – Il m'a dit qu'il avait toujours cru au coup de foudre et qu'il savait maintenant que ça existait. Parce qu'il était tombé amoureux de moi dès qu'il m'avait vue. Que je pouvais bien rire si je voulais, mais que c'était la vérité. Qu'il n'aimerait plus jamais que moi. Il m'a même dit que si je le dédaignais ou méprisais, si je lui crachais au visage et le traitais comme un chien, il continuerait à m'aimer jusqu'à la mort.

« Et c'est ce qui s'est passé, justement », pensa Lituma. La jeune fille pleurait-elle? Absolument pas. Le gendarme ne pouvait pas voir son visage – il marchait toujours un pas en arrière – mais la voix qu'il percevait était sèche, ferme, d'une totale sévérité. En même temps elle semblait parler de quelqu'un qui n'était pas elle, comme si tout ce qu'elle racontait ne la concernait pas intimement, comme s'il n'y avait pas eu de sang et de mort dans cette histoire.

– Il m'a dit qu'il viendrait chanter sous ma fenêtre, et qu'en chantant pour moi tous les soirs il me rendrait amoureuse de lui, poursuivit-elle après une courte pause.

Le grincement de la bicyclette produisait une angoisse inexplicable chez Lituma; il l'attendait, et dès qu'il s'élevait, un frisson lui courait le long du corps. Il entendit son chef. Le lieutenant roucoulait maintenant.

– C'est arrivé comme ça? Ça s'est passé ainsi? Il a tenu parole? Il est venu chanter sous votre fenêtre, à la base aérienne de Piura? Vous avez fini par tomber amoureuse de lui?

– Je ne sais pas, répondit la jeune fille.

« Elle ne sait pas? Comment peut-elle ne pas savoir ça? » pensa le gendarme. Il chercha dans sa mémoire la fois qu'il avait été le plus amoureux. Était-ce de Meche la petite amie de Josefino, cette blondinette au corps sculptural à qui il n'avait jamais osé faire sa déclaration? Oui, c'était d'elle. Comment ne pas savoir si l'on est amoureux ou pas? Quelle bêtise. Oui, elle était timbrée. A moitié fêlée, à moitié tarée. Ou est-ce qu'elle faisait l'idiote pour lui donner le change? Le colonel lui avait-il donné des instructions pour agir ainsi? Aucune hypothèse ne le satisfaisait.

– Mais Palomino Molero est venu chanter sous votre fenêtre à la base aérienne de Piura, n'est-ce pas? entendit-il le lieutenant moduler doucement. Plusieurs fois?

– Tous les jours, dit la jeune fille. Depuis la fête chez Lala Mercado. Il n'a pas manqué un seul jour, jusqu'à ce que papa soit muté ici.

Des gosses armés de fronde bombardaient de cailloux le chat de Tang le Chinetoque, le tenancier du bar. Le chat miaulait, terrorisé, courant d'un bout à l'autre du toit de l'établissement. Le Chinetoque surgit avec un balai, et les gosses s'éparpillèrent en riant.

– Et que disait votre père de ces sérénades? piailla le lieutenant Silva. Ne l'a-t-il jamais pris sur le vif?

130

– Mon papa savait qu'il venait chanter pour moi, il n'est pas sourd, rétorqua la jeune fille.

Lituma eut l'impression que, pour la première fois, Alicia Mindreau hésitait. Comme si elle avait été sur le point de dire quelque chose et qu'elle se mordait la langue.

– Et que disait-il ? répéta son chef.

– Il disait que j'étais pour lui, sans doute, la reine d'Angleterre, affirma la jeune fille avec l'aplomb et le sérieux habituels. Quand je le lui ai raconté, Palito m'a dit : « Ton père se trompe. Tu es pour moi beaucoup plus que la reine d'Angleterre. La Vierge Marie, plutôt. »

Lituma crut entendre pour la troisième fois le petit rire étouffé, moqueur, du lieutenant Silva. Palito ? Elle avait rebaptisé ainsi Palomino ? Pour elle ce surnom ridicule de Palito était plus convenable, alors, que Palomino ou Temístocles, des prénoms métis. « Putains de Blancs, ce qu'ils sont compliqués », pensa-t-il.

Ils étaient arrivés au poste de gendarmerie. La sentinelle en faction, Ramiro Matelo, un gars de Chiclayo, était partie sans laisser aucun avis et la porte était fermée. Pour l'ouvrir, le lieutenant appuya la bicyclette contre le mur.

– Entrez donc et reposez-vous un moment, pria l'officier en faisant une moitié de révérence. Nous pouvons vous offrir une limonade ou un petit café. Je vous en prie, mademoiselle.

La nuit était maintenant tombée. A l'intérieur du poste, tandis qu'ils allumaient les lampes à pétrole, ils restèrent un instant dans l'ombre, se heurtant au mobilier. La fille attendait, tranquille, sur le pas de la porte. Non, elle n'avait les yeux ni brillants ni humides. Non, elle n'avait pas pleuré. Lituma voyait son ombre svelte dessinée contre l'ardoise où l'on clouait les rapports et les ordres du jour, et il pensait au petit gars. Son cœur se serrait, il chavirait. « Je n'arrive pas à y croire », pensa-t-il. Cette petite silhouette immobile leur avait dit tout cela sur Palomino Molero? Il la voyait et pourtant c'est comme si la fille n'était pas là et n'avait rien dit, comme si tout ça n'était que des choses qu'il inventait lui-même.

– La promenade ne vous a-t-elle pas fatiguée? – Le lieutenant allumait le poêle, sur lequel se trouvait toujours une bouilloire pleine d'eau. – Donne une chaise à la demoiselle, Lituma.

Alicia Mindreau s'assit sur le bord du siège que lui tendit le gendarme. Elle tournait le dos à la porte de la rue et à la lampe de l'entrée; son visage restait dans la pénombre et un cercle jaune nimbait sa silhouette. Comme ça elle faisait encore plus gosse. Allait-elle encore au collège? Dans une des maisons voisines on faisait frire quelque chose. Une voix avinée chantonnait au loin, quelque chose sur Paita.

– Qu'est-ce que tu attends pour servir une limonade à la demoiselle, Lituma, le gronda le lieutenant.

Le lieutenant se hâta de tirer une Pasteurina du seau plein d'eau où ils mettaient les bouteilles pour qu'elles restent au frais. Il la décapsula et la tendit à la fille, en s'excusant :

132

– Nous n'avons ni verre ni paille. Il vous faudra la boire au goulot, s'il vous plaît.

Elle prit la limonade et la porta à sa bouche comme une automate. Était-elle cinglée? Souffrait-elle au fond d'elle-même sans pouvoir le manifester? Semblait-elle si bizarre parce que, en tâchant de dissimuler, elle devenait empruntée? Elle avait l'air hypnotisée. Comme si elle ne se rendait pas compte qu'elle se trouvait là avec eux ni ne se souvenait de ce qu'elle leur avait raconté. Lituma se sentait honteux, mal à l'aise, en la voyant si sérieuse, concentrée et immobile. Il prit peur. Et si le colonel surgissait au poste, avec une patrouille, et leur demandait des comptes à cause de cette conversation avec sa fille?

– Tenez, prenez aussi ce petit café, dit le lieutenant. – Il lui tendit la tasse en fer-blanc dans laquelle il avait versé une cuillerée de café en poudre. – Combien de sucres voulez-vous? Un, deux?

– A papa qu'est-ce qui lui arrivera? demanda brusquement la jeune fille, d'une voix sans sursaut, avec seulement un relent de colère. On le jettera en prison? On le fusillera pour ça?

Elle n'avait pas pris la tasse en fer-blanc et Lituma vit son chef la porter à ses lèvres et la boire d'un long trait. Le lieutenant s'assit, de côté, à un coin de son bureau. Dehors l'ivrogne, maintenant, au lieu de chanter, déblatérait sur le même sujet: les raies de la mer de Paita. Il disait qu'elles l'avaient piqué et qu'il avait une plaie au pied. Il cherchait une femme compatissante pour lui sucer le venin.

– Il n'arrivera rien à votre père, affirma le lieutenant Silva en faisant non de la tête. Pourquoi lui arriverait-il quelque chose à lui. On ne lui fera rien, c'est sûr. N'y pensez plus, mademoiselle Alicia. Vraiment, vous ne voulez pas une tasse de café? J'ai bu le vôtre, mais je vous en prépare un autre sur-le-champ.

« Il a tout compris, pensa Lituma. Il est capable de faire parler un muet. » Il avait reculé discrètement jusqu'à s'appuyer contre le mur. Il voyait, en biais, le fin profil de la jeune fille, son petit nez arrogant, impertinent, et il comprit soudain Palomino : ce n'était pas une beauté mais il y avait quelque chose de fascinant, de mystérieux, quelque chose qui pouvait affoler un homme dans ce petit visage froid. Il éprouvait des sentiments contradictoires. Il voulait que le lieutenant l'emportât et fît dire à Alicia Mindreau tout ce qu'elle savait; en même temps, il ne savait pourquoi, ça lui faisait peine que cette petite allât révéler ses secrets. C'était comme si Alicia Mindreau tombait dans un piège. Il avait envie de la sauver. Était-elle vraiment cinglée?

– Celui qui passera peut-être un mauvais moment c'est le petit jaloux, insinua le lieutenant, comme s'il était vraiment affligé. Ricardo Dufó, je veux dire. Richard. On doit l'appeler Richard, non? Bien entendu la jalousie est un facteur que n'importe quel juge averti du cœur humain considérera comme une circonstance atténuante. Si un homme aime beaucoup sa petite amie, il est jaloux. Je le sais, mademoiselle, parce que je sais ce que c'est que l'amour, et moi aussi je suis très jaloux. La

134

jalousie empoisonne le jugement, elle ne permet pas de raisonner. Tout comme la boisson. Si votre amoureux peut prouver que ce qu'il a fait à Palomino Molero il l'a fait parce qu'il était aveuglé par la jalousie – voilà le mot clé, a-veu-glé, rappelez-vous – il est possible qu'on le considère comme irresponsable au moment du crime. Avec un peu de chance et un bon avocat, c'est possible. De sorte que de votre ami jaloux vous ne devez pas trop vous préoccuper non plus, mademoiselle Mindreau.

Il porta la tasse en fer-blanc à ses lèvres et avala bruyamment le café. Son front avait gardé le sillon du képi et Lituma ne pouvait voir ses yeux, cachés derrière ses verres fumés : seulement sa moustache fine, la bouche et le menton. Il lui avait demandé une fois : « Pourquoi n'enlevez-vous pas vos lunettes lorsqu'il fait sombre, mon lieutenant ? » Et il lui avait répondu, en se moquant : « Pour dérouter, voilà. »

– Je ne m'en fais pas, murmura la jeune fille. Je le déteste. Je voudrais qu'on lui fasse les pires choses. Je le lui dis en face tout le temps. Une fois il a saisi son revolver et il m'a dit : « On appuie ici, comme ça. Prends-le. Si vraiment tu me détestes tellement, je mérite que tu me tues. Fais-le, tue-moi. »

Il y eut un long silence, entrecoupé par le crépitement de friture de la maison voisine et le monologue confus de l'ivrogne qui s'en allait maintenant : personne ne l'aimait, eh bien ! il irait voir une sorcière d'Ayabaca, elle soignerait son pied blessé, ah ! la ! la !

– Mais je suis sûr que vous avez bon cœur, que vous ne tueriez jamais personne, affirma le lieutenant Silva.

– Ne vous faites pas plus bête que vous l'êtes, le foudroya Alicia Mindreau. – Son menton vibrait et ses narines se dilataient. – Ne faites pas l'idiot en me traitant comme si j'étais aussi bête que vous. Je vous en prie. Je ne suis pas une petite fille.

– Pardonnez-moi, toussa le lieutenant Silva. C'est que je ne savais que dire. Ce que j'ai entendu m'a abasourdi. Je vous le dis franchement.

– Ainsi vous ne savez pas si vous étiez amoureuse de Palomino Molero, s'entendit murmurer Lituma entre ses dents. Vous n'êtes pas parvenue à l'aimer, donc, pas même un petit peu?

– Je l'ai aimé plus qu'un petit peu, répondit vivement la jeune fille, sans se tourner en direction du gendarme. – Elle gardait la tête droite et sa fureur semblait s'être dissipée aussi vite qu'elle était née : – Palito je l'ai aimé beaucoup. Si nous avions trouvé le prêtre à Amotape, je me serais mariée avec lui. Mais être amoureuse, ça c'est dégoûtant et notre histoire ne l'était pas. C'était une chose bonne et belle, voilà. Est-ce que vous aussi vous faites l'idiot?

– Tu poses de ces questions, Lituma, entendit-il murmurer son chef. – Mais il comprit qu'il ne s'en prenait pas à lui; qu'en réalité il ne lui parlait pas. Ce commentaire faisait partie de sa tactique pour continuer à tirer les vers du nez de la jeune fille. – Crois-tu que si la demoiselle ne l'avait pas aimé, elle se serait enfuie avec lui? Ou est-ce que tu penses qu'il l'a emmenée de force?

136

Alicia Mindreau ne dit rien. Autour des lampes à pétrole voletaient de plus en plus d'insectes, bourdonnant. Maintenant on entendait, très proche, le ressac. La marée continuait à monter. Les pêcheurs préparaient leurs filets ; Don Matías Querecotillo et ses deux aides devaient pousser *Le Lion de Talara* vers la mer, ou ramaient déjà, au-delà des môles. Il désira se trouver là-bas, avec eux, et ne pas entendre ces choses. Et cependant, il s'entendit dire à mi-voix :

– Et votre amoureux, alors, mademoiselle ? et tandis qu'il parlait, il lui semblait qu'il faisait de l'équilibre sur une corde raide.

– Son amoureux officiel, tu veux dire, le corrigea le lieutenant. – Il adoucit sa voix en s'adressant à elle : – Car, puisque vous aimiez Palomino Molero, j'imagine que le lieutenant Dufó n'était que cela. Un fiancé officiel, pour sauver les apparences devant votre père. Rien qu'un paravent, n'est-ce pas ?

– Oui, admit la jeune fille en hochant la tête.

– Afin que votre père ne sache rien de vos sentiments pour Palomino Molero, poursuivit, en enfonçant le clou, le lieutenant. Je suppose, en effet, que le colonel n'aurait pas vu d'un bon œil la liaison de sa fille avec un simple soldat d'aviation.

Lituma sentit le bourdonnement des insectes contre les lampes lui taper sur les nerfs autant qu'auparavant le grincement de la bicyclette.

– Il ne s'était engagé que pour être près de vous ? s'entendit-il dire.

Il s'aperçut qu'il n'avait pas dissimulé cette fois : sa voix était imprégnée de l'immense peine que lui

137

inspirait ce pauvre garçon. Qu'avait-il trouvé à cette jeune fille à moitié folle? Est-ce parce qu'elle était de bonne famille, qu'elle était blanche? Ou avait-il été charmé par son humeur changeante, ces accès incroyables qui la faisaient passer, en quelques secondes, de la fureur à l'indifférence?

– Le pauvre jaloux ne devait rien comprendre, réfléchit à voix haute le lieutenant. – Il allumait une cigarette. – Quand il s'est mis à comprendre il a été dévoré de jalousie. A-veu-glé, oui monsieur. Il a fait ce qu'il a fait et, à moitié fou d'épouvante, de remords, il est venu vous trouver en pleurant : « Je suis un assassin, Alicita. J'ai torturé et tué le soldat avec qui tu t'es enfuie. » Vous l'avez réprimandé, vous lui avez fait savoir que vous ne l'aviez jamais aimé, que vous le détestiez. Et c'est alors qu'il a sorti son revolver et vous a dit : « Tue-moi. » Mais vous ne l'avez pas fait. Ce n'était pas assez pour Richard Dufó qu'il soit cocu. Par-dessus le marché le colonel lui interdit de vous revoir. Parce que évidemment un gendre assassin était aussi imprésentable qu'un petit métis de Castilla, et de surcroît un troufion. Pauvre petit jaloux! Eh bien! je crois que j'ai maintenant l'histoire complète. Est-ce que je me suis trompé quelque part, mademoiselle?

– Ha, ha! rit-elle. Vous vous êtes trompé de bout en bout.

– Je le sais bien, je me suis trompé exprès, acquiesça le lieutenant en soufflant sa fumée. Corrigez-moi donc.

Avait-elle ri? Oui, d'un petit rire bref, férocement moqueur. Maintenant elle avait repris son air sérieux, assise très droite sur le bord de sa chaise, les genoux réunis. Ses petits bras étaient si minces que Lituma aurait pu les entourer des deux doigts d'une main. Ainsi, à moitié dans l'ombre, avec ce petit corps élancé, filiforme, on pouvait la prendre pour un garçon. Et cependant c'était une petite femme. Elle avait déjà connu l'homme. Il essaya de la voir nue, tremblante, dans les bras de Palomino Molero, couchée sur un méchant lit à Amotape, ou peut-être sur une natte à même le sable. Elle enroulait ses petits bras autour du cou de Palomino, elle ouvrait la bouche, les jambes, elle gémissait. Non, impossible. Il ne la voyait pas. Dans l'interminable intervalle, le bourdonnement des insectes devint assourdissant.

— Celui qui m'a apporté son revolver et m'a demandé de le tuer c'est papa, ajouta la fille tout à trac. Qu'allez-vous lui faire?

— Rien, balbutia précipitamment le lieutenant Silva, comme s'il s'étranglait. On ne va rien faire à votre père.

Elle eut un autre accès de colère :

— Vous voulez dire qu'il n'y a pas de justice, s'écria-t-elle. Parce que lui, vous devriez le flanquer en prison, le tuer. Mais personne n'ose. Bien sûr, qui va oser?

Lituma s'était raidi. Il sentait son chef également tendu, ébahi, comme s'ils percevaient le grondement des entrailles de la terre annonçant le tremblement.

— Je veux boire quelque chose de chaud, même si c'est ce café, dit la jeune fille, en changeant une fois

139

de plus de ton. – Maintenant elle parlait avec naturel, comme si elle papotait avec des amies. – Soudain j'ai froid, je ne sais pas.

– C'est qu'il fait froid, dit le lieutenant Silva l'air abruti. – Il le répéta deux fois, en acquiesçant avec des hochements de tête inutilement énergiques : – Il fait froid, froid.

Il tarda un bon moment à se lever et lorsqu'il le fit et se dirigea vers le poêle, Lituma remarqua sa gaucherie, sa lenteur. Il évoluait comme un homme ivre. C'est pour le coup qu'il était abasourdi, pas avant. Lui aussi il était sonné par ce qu'il venait d'entendre. Malgré lui il pensait toujours à la même chose. Ainsi donc, malgré tout, bien qu'elle eût dit qu'être amoureux était dégoûtant, elle avait aimé Palomino Molero? Quelle drôle d'idée, et vilaine, que de trouver dégoûtant d'être amoureux mais pas d'aimer? Lui aussi il avait froid. Il aurait aimé prendre un petit café chaud comme celui que son chef préparait pour la jeune fille. Lituma voyait, dans le cône de lumière verdâtre de la lampe, la lenteur avec laquelle les mains du lieutenant versaient l'eau, les cuillerées de café en poudre, le sucre. Comme s'il n'était pas sûr que ses doigts lui répondissent. Il alla vers la jeune fille tenant la tasse à deux mains, sans faire de bruit, et il la lui tendit. Alicia Mindreau la porta à la bouche aussitôt et but une gorgée, en levant la tête. Lituma vit ses yeux, dans l'éclat fragile, vacillant. Secs, noirs, durs et adultes dans ce délicat visage d'enfant.

– Autrement dit..., murmura le lieutenant, si lentement que Lituma pouvait à peine l'entendre. –

Il s'était rassis sur le coin de sa table, une jambe appuyée au sol et l'autre se balançant. Il fit une longue pause et ajouta, timidement : – Autrement dit celui que vous détestez, celui à qui vous souhaitez les pires choses, ce n'est pas le lieutenant Dufó mais...

Il n'osa pas achever. Lituma vit la jeune fille acquiescer, sans la moindre hésitation.

– Il s'agenouille comme un chien et me baise les pieds, l'entendit-il s'écrier, d'une voix altérée par l'un de ces accès de fureur intempestif : L'amour n'a pas de frontières, dit-il. Le monde ne comprendrait pas. Le sang appelle le sang, dit-il. L'amour est l'amour, une avalanche qui entraîne tout sur son passage. Quand il dit cela, quand il fait ces choses, quand il pleure et me demande pardon, je le hais. Je voudrais qu'il lui arrive les pires choses.

Une radio, à plein volume, la fit taire. La voix du présentateur était précipitée, blessante, avec des parasites, et Lituma ne comprit rien à ce qu'elle disait. La danse à la mode, « El bote », qui avait supplanté les rythmes de guaracha dans le cœur des auditeurs de Talara, lui succéda :

Regarde ces mecs au coin de la rue...
Qui ne veulent même pas me regarder...

Le gendarme se sentit en rage contre le lointain chanteur, contre celui qui avait allumé la radio, contre « El bote » et même contre lui-même. « C'est pour ça qu'elle dit que c'est dégoûtant, pensa-t-il. C'est pour ça qu'elle sépare être amoureux et

141

aimer. » Il y eut une longue pause, occupée par la musique. A nouveau Alicia Mindreau semblait tranquille, loin de sa fureur de l'instant précédent. Sa petite tête suivait légèrement la mesure de « El bote » et regardait le lieutenant comme si elle attendait quelque chose.

– Maintenant je viens d'apprendre une chose, entendit-il dire son chef, très lentement.

La jeune fille se leva :

– Je m'en vais. Il se fait tard pour moi.

– Je viens de comprendre que c'est vous qui nous avez laissé la lettre anonyme, là sur la porte, ajouta le lieutenant. Nous conseillant de nous rendre à Amotape pour interroger Doña Lupe sur ce qui était arrivé à Palomino Molero.

– Il doit me chercher partout, dit la jeune fille, comme si elle n'avait pas entendu le lieutenant. – Dans sa petite voix à nouveau métamorphosée, Lituma découvrit cet accent espiègle et moqueur qui était ce qu'il y avait de plus sympathique, ou de moins antipathique, chez elle; quand elle parlait ainsi elle ressemblait vraiment à ce qu'elle était, une petite fille, et non, comme un moment auparavant, une femme adulte et terrible dans un corps et avec un visage d'enfant. – Il a dû envoyer le chauffeur, les soldats, dans toutes les maisons de la base, chez les gringos, au Club, au cinéma. Il a peur chaque fois que je m'attarde. Il croit que je vais m'enfuir encore, ha, ha!

– Donc c'était bien vous, ajoutait encore le lieutenant Silva. Bon, quoique un peu tard, merci beaucoup, mademoiselle Mindreau. Sans votre petit coup de main, on ramerait encore dans la farine.

– Le seul endroit où il ne pensera pas que je suis, c'est ici, au poste de gendarmerie, poursuivit la jeune fille. Ha, ha!

Avait-elle ri? Oui, en effet. Mais cette fois sans sarcasme, sans cynisme. Un petit rire rapide, coquin, de gosse un peu canaille. Elle était cinglée, bien sûr, sinon comment comprendre son attitude. Mais le doute tourmentait Lituma et à tout moment il se donnait des réponses opposées. Oui, elle l'était; non, elle faisait semblant.

– Bien sûr, bien sûr, bafouillait le lieutenant. – Il toussa pour s'éclaircir la voix, jeta son mégot par terre et l'écrasa. – Nous sommes ici pour protéger les gens. Et vous plus que personne, naturellement, si vous nous le demandez.

– Je n'ai pas besoin qu'on me protège, rétorqua sèchement la jeune fille. Moi mon père me protège et c'est bien assez comme ça.

Elle tendit avec tant de force vers le lieutenant sa tasse en fer-blanc où elle avait bu le café que les gouttes du fond éclaboussèrent la chemise de l'officier. Il se hâta de lui prendre la tasse des mains.

– Voulez-vous qu'on vous accompagne jusqu'à la base? demanda-t-il.

– Non, je ne veux pas, dit-elle.

Lituma la vit sortir rapidement dans la rue. Sa silhouette se dessina dans la diffuse clarté du dehors, tandis qu'elle montait à bicyclette. Il la vit partir en pédalant et zigzaguant au bout de la ruelle non pavée, dénivelée et il entendit corner.

L'officier et le gendarme restaient pétrifiés sur

143

place, silencieux. Maintenant la musique avait cessé et l'on entendait à nouveau la mitrailleuse trépidante, l'épouvantable voix du présentateur.

– Sans cette radio de malheur la petite aurait continué à parler, grogna Lituma. Dieu sait tout ce qu'elle aurait pu nous dire encore.

– Si l'on ne se presse pas, ma grassouillette va nous laisser sans manger, l'interrompit le lieutenant en se levant. – Il le vit mettre son képi. – Allez, en route, Lituma, à la bouffe. Cette histoire m'a ouvert l'appétit. Toi, non?

Il avait dit une connerie, parce que la gargote restait ouverte jusqu'à minuit et il était à peine huit heures. Mais Lituma comprit que son chef avait dit cela pour dire quelque chose, qu'il avait plaisanté pour ne pas rester silencieux, parce qu'il devait se sentir aussi sonné que lui. Il ramassa la bouteille de limonade qu'Alicia Mindreau avait laissée par terre et la jeta dans le sac de bouteilles vides que Borrao Salinas, le brocanteur, venait acheter à la fin de la semaine. Ils sortirent en fermant la porte du poste. Le lieutenant maugréa contre Ramiro Matelo, qui aurait dû être en faction et dit qu'il le consignerait samedi et dimanche. La lune était pleine. La lumière bleutée du ciel éclairait la rue. Ils marchèrent en silence, en répondant de la main et de la tête aux bonsoirs des gens rassemblés sur le pas de leur porte. Au loin on entendait le haut-parleur du cinéma, des voix mexicaines, un sanglot de femme et, comme musique de fond, le ronronnement du ressac.

– Tu as dû en rester comme deux ronds de flan de tout ce que tu as entendu, non, Lituma?

– Oui, comme deux ronds de flan, acquiesça le gendarme.

– Je t'avais prédit que dans ce travail tu apprendrais pas mal de choses, Lituma.

– Eh bien! la prophétie s'est réalisée, mon lieutenant.

Dans la gargote il y avait six personnes qui mangeaient, toutes connues. Ils échangèrent des saluts et des bonsoirs avec elles, mais le lieutenant Silva et Lituma s'assirent à une table à part. Doña Adriana apporta une soupe de légumes et de poisson et c'est tout juste si elle ne leur balança pas les assiettes au visage. Elle ne répondit pas à leur bonsoir, butée, le visage renfrogné. Quand le lieutenant Silva lui demanda si elle ne se sentait pas bien et pourquoi elle était de mauvaise humeur, elle aboya :

– Est-ce qu'on peut savoir ce que vous fichiez sur le rocher aux crabes cet après-midi, espèce de voyou?

– On m'avait dit qu'il allait y avoir un débarquement de contrebande, répondit le lieutenant Silva sans sourciller.

– Un jour vous allez me payer tout ça, je vous avertis.

– Merci pour l'avertissement, lui sourit le lieutenant, en fronçant les lèvres de façon obscène et lui envoyant un baiser. Ma petite mémère chérrrie.

VII

— Mes doigts se sont engourdis, c'est catastrophi-
que, ronchonna le lieutenant Silva. Et dire qu'à
l'école militaire je pouvais jouer n'importe quel air
en l'entendant une seule fois. Maintenant même pas
la Raspa, bordel de merde.

En effet, il avait tenté de jouer plusieurs airs et il
détonnait toujours. Parfois, les cordes de la guitare
grinçaient comme des chats en chaleur et miaulant.
Lituma entendait à moitié son chef, concentré qu'il
était sur son idée fixe. Que diable allait-il se passer,
après pareil rapport. Ils se trouvaient sur la petite
plage des pêcheurs, entre les deux môles, et il était
plus de minuit car la sirène de la raffinerie venait
de retentir annonçant le changement de tour. Plusieurs barques avaient déjà levé l'ancre, depuis
longtemps, parmi elles *Le Lion de Talara.* Lituma et
le lieutenant Silva fumèrent une cigarette avec le
vieux Matías Querecotillo, tandis que les deux aides
poussaient l'embarcation à l'eau. Le mari de Doña
Adriana voulait savoir aussi si tout ce qu'on disait à
Talara était vrai.

– Et que dit-on à Talara, Don Matías?

– Que vous avez enfin découvert les assassins de Palomino Molero.

Le lieutenant Silva lui répondit ce qu'il répondait à tous ceux qui lui posaient la question. (Depuis le matin, Dieu sait comment, le bruit avait couru et les gens l'arrêtaient dans la rue pour lui demander la même chose.)

– On ne peut rien dire encore. On le saura bien vite, Don Matías. Tout ce que je peux vous dire c'est que le dénouement est proche.

– Pourvu que ce soit vrai, mon lieutenant. Qu'il y ait pour une fois une justice et que ce ne soient pas toujours les mêmes qui gagnent.

– Qui ça, Don Matías?

– Qui donc? Vous le savez aussi bien que moi. Les gros bonnets.

Il partit, en roulant comme un canot sur la houle, et il grimpa lestement sur sa barque. On n'aurait pas dit qu'il crachait le sang; il semblait robuste et gaillard pour son âge. Peut-être sa maladie n'était-elle qu'une appréhension de Doña Adriana. Don Matías savait-il que le lieutenant Silva courait après sa femme? Il ne l'avait jamais montré. Lituma avait remarqué que le pêcheur traitait toujours son chef avec amabilité. Peut-être qu'avec les années un homme cessait d'être jaloux.

– Les gros bonnets, réfléchit l'officier en reposant la guitare sur ses genoux. Crois-tu que les gros bonnets nous ont fait cadeau de cette guitare en la laissant à la porte du poste?

– Non, mon lieutenant, répondit le gendarme.

147

C'est la fille du colonel Mindreau. Vous l'avez entendue quand elle nous a dit que c'était elle qui avait la guitare du pauvre jeune homme.

– Si c'est toi qui le dis..., rétorqua le lieutenant. Mais moi je n'en sais rien. Je n'ai vu aucune lettre ni carte ni rien qui me prouve que c'est elle qui a laissé la guitare au poste. Et je n'ai pas de preuves non plus que cette guitare soit bien celle de Palomino Molero.

– Vous voulez me taquiner, mon lieutenant?

– Non, Lituma. J'essaie de te distraire un peu, parce que je te vois trop effrayé. De quoi as-tu si peur? Un gendarme doit avoir des couilles de taureau, nom de Dieu.

– Vous aussi vous êtes sur vos gardes, mon lieutenant. Ne me dites pas non.

L'officier rit sans enthousiasme.

– Bien sûr que je suis sur mes gardes. Mais je dissimule, chez moi ça ne se voit pas. Toi, en revanche, tu as un visage qui fait peine à voir. On dirait que chaque fois que rote une mouche toi tu chies dans ton froc.

Ils restèrent silencieux un moment, entendant le faible clapotis de la mer. Il n'y avait pas de vagues, mais des ondulations, très hautes. La lune éclairait la nuit de telle sorte qu'on voyait, très distinctement, le profil des maisons des gringos et des riches employés de l'International, là-haut au sommet du rocher, près du phare clignotant, et les pentes du promontoire qui fermait la baie. Tout le monde disait monts et merveilles de la lune de Paita, mais c'est sûr que la lune, ici, était la plus ronde et la plus

148

lumineuse que Lituma ait jamais vue. On devrait parler plutôt de la lune de Talara. Il imagina le petit gars, une nuit comme celle-là, chantant sur cette même plage, entouré de soldats émus :

> *Lune, lunaire,*
> *Pierrot rêveur,*
> *Va dire à mon cœur*
> *Que je meurs pour elle.*

Lituma et le lieutenant étaient allés au cinéma et avaient vu un film argentin de Luis Sandrini qui avait fait rire tout le monde, mais pas eux. Puis ils avaient eu une conversation avec le père Domingo à la porte de l'église. Le curé voulait qu'un gendarme vienne empêcher les jolis cœurs d'entrer à l'église pour courtiser les filles de la chorale lors des répétitions. Plusieurs mères avaient retiré leur fille de la chorale à cause de ces voyous. Le lieutenant promit qu'il le ferait, à condition d'avoir un gendarme sous la main. En revenant au poste, ils avaient trouvé la guitare que le lieutenant avait maintenant sur ses genoux. On l'avait laissée là appuyée contre la porte. N'importe qui aurait pu l'emporter si, au lieu de rentrer au poste, ils étaient allés d'abord à la gargote pour dîner. Lituma n'hésita pas une seconde sur la signification de cette guitare-là :

– Elle veut que nous la rendions à la mère du petit gars. La jeune fille a peut-être eu pitié après ce que j'ai raconté de Doña Asunta, c'est pourquoi elle nous l'a amenée.

– Si c'est toi qui le dis, Lituma. Mais moi je n'en sais rien.

Pourquoi le lieutenant s'obstinait-il à blaguer? Lituma savait fort bien que son chef n'avait aucune envie de rire, qu'il était inquiet et sur ses gardes comme lui-même, depuis qu'il avait envoyé son rapport. La preuve en était leur présence en cet endroit, à cette heure. Après manger, le lieutenant avait proposé de se dégourdir les jambes. Ils étaient venus sans parler, chacun plongé dans ses pensées, jusqu'à la petite plage des pêcheurs. Ils avaient vu les hommes préparer les filets et les lignes, puis lever l'ancre. Ils avaient vu, dans l'obscurité des eaux, s'allumer les lanternes éloignées de ceux qui tiraient les filets. En restant seul, le lieutenant avait eu l'idée de gratter les cordes de la guitare du petit gars. Peut-être n'avait-il pas pu en tirer la moindre mélodie à cause de sa peur. Bien sûr qu'il avait peur, même s'il le dissimulait en plaisantant. Pour la première fois, peut-être, depuis qu'il était sous ses ordres, le gendarme ne l'avait pas entendu ce soir mentionner une seule fois sa bonne femme de la gargote. Il allait demander à son chef s'il l'autorisait à apporter cette guitare à Doña Asunta la prochaine fois qu'il irait à Piura – « Laissez-moi donner cette consolation à la pauvre femme, mon lieutenant » – quand il s'aperçut qu'ils n'étaient pas seuls.

– Bonsoir, dit l'ombre.

Elle était apparue soudain, comme surgie de la mer ou de l'air. Lituma sursauta et ne sut que dire, se contentant d'écarquiller les yeux. Il ne rêvait pas : c'était le colonel Mindreau.

– Bonsoir, mon colonel, dit le lieutenant Silva en se levant du canot sur lequel il était assis. La guitare roula sur le sable et Lituma vit que son chef faisait de la main droite un mouvement qui resta inachevé : comme de saisir son revolver, ou, du moins, dégrafer la cartouchière qu'il portait toujours à la ceinture, sur sa hanche droite.

– Asseyez-vous je vous en prie, dit l'ombre du colonel. Je vous cherchais et j'ai eu l'intuition que le guitariste nocturne n'était autre que vous.

– Je voulais savoir si je savais encore en jouer. Mais vraiment, faute de pratique, j'ai tout oublié.

L'ombre acquiesça.

– Vous êtes meilleur policier que guitariste, murmura-t-il.

– Merci, mon colonel, répondit le lieutenant Silva.

« Il vient nous tuer », pensa le gendarme. Le colonel Mindreau fit un pas vers eux et son visage envahit un espace mieux éclairé par la lune. Lituma distingua son large front, dégagé aux tempes et sa petite moustache taillée au cordeau. Était-il aussi pâle les autres fois qu'il l'avait vu dans son bureau ? Peut-être était-ce la lune qui le rendait si pâle. Il n'avait pas un air de menace ni de haine, mais plutôt d'indifférence. Le ton de sa voix était aussi hautain que lors de cette fameuse entrevue, à la base. Qu'allait-il se passer ? Lituma sentit un creux à l'estomac. « C'est ce que nous attendions », pensa-t-il.

– Seul un bon policier pouvait éclaircir si vite l'assassinat de ce déserteur, ajouta le colonel. A peine deux semaines, non, lieutenant ?

– Dix-neuf jours, pour être exacts, mon colonel.

Lituma n'écartait pas un instant son regard des mains du colonel Mindreau, mais l'éclat de la lune n'arrivait pas jusqu'à elles. Tenait-il son revolver prêt à tirer? Menacerait-il le lieutenant en l'obligeant à démentir ce qu'il avait écrit dans son rapport? Lui déchargerait-il soudain deux ou trois balles? Tirerait-il sur lui aussi? Peut-être était-il venu seulement pour les arrêter. Peut-être une patrouille de police militaire les cernait-elle tandis que le colonel les occupait avec ce dialogue trompeur. Il tendit l'oreille, il regarda autour de lui. Personne ne s'approchait et l'on n'entendait rien, hormis la mer clapotante. Devant lui, le vieux môle montait et descendait, au rythme de la houle. Sur ses rampes moussues dormaient les mouettes et il y avait, incrustés, d'innombrables coquillages, étoiles de mer et crabes. La première mission dont l'avait chargé son chef, à son arrivée à Talara, avait été de chasser les gosses qui grimpaient au môle pour se balancer sur ces rampes comme sur une balançoire.

– Dix-neuf jours, répéta comme un écho tardif le colonel.

Il parlait sans ironie, sans fureur, avec une froideur glaciale, comme si rien de tout cela n'avait d'importance ni l'affectait en quoi que ce soit, et dans les profondeurs de sa voix il y avait quelque chose – une inflexion, une pause, une façon d'accentuer certaines syllabes, qui rappelait à Lituma la voix de la jeune fille. « Les indomptables ont raison, pensa-t-il. Je ne suis pas né pour cela, je ne veux pas passer par ces peurs-là. »

– De toute façon, ce n'est pas mal, poursuivit le colonel. Parfois ces crimes ne sont pas élucidés avant des années. Ou demeurent mystérieux à tout jamais.

Le lieutenant Silva ne répondit pas. Il y eut un long silence durant lequel aucun des trois hommes ne bougea. Le môle remuait terriblement : y avait-il là-bas quelque gosse qui se balançait? Lituma entendait la respiration du colonel, celle de son chef, la sienne. « Je n'ai jamais eu aussi peur de ma vie », pensa-t-il.

– Espérez-vous une promotion, en récompense? entendit-il dire le colonel Mindreau.

Il songea qu'il devait avoir froid, habillé avec cette chemise légère sans manches de l'uniforme quotidien des aviateurs. C'était un homme de petite taille que Lituma dépassait d'au moins une demi-tête. De son temps, donc, on n'imposait pas une taille minimale pour entrer à l'école de guerre.

– Je suis promouvable au grade de capitaine seulement à partir de juillet de l'année prochaine, pas avant, mon colonel, dit son chef.

Maintenant il dresserait sa main et le coup claquerait : la tête du lieutenant éclaterait comme une papaye. Mais à ce moment le colonel leva la main droite, pour se la passer sur la bouche, et le gendarme vit qu'il n'était pas armé. Pourquoi était-il venu, pourquoi?

– Pour répondre à votre question, non, poursuivit le lieutenant, je ne crois pas qu'on m'accordera une promotion pour avoir résolu l'affaire. Franchement, je crois que cela m'apportera plutôt pas mal de névralgies, mon colonel.

– Êtes-vous si sûr de l'avoir définitivement résolue?

L'ombre ne bougeait pas et Lituma pensa que l'aviateur parlait sans écarter les lèvres, avec son estomac, comme les ventriloques.

– Bon, la seule chose définitive c'est la mort, murmura le lieutenant. – Il ne remarquait pas dans les paroles de son chef la moindre appréhension. Comme s'il n'était pas non plus personnellement concerné par cette conversation, comme s'il s'agissait d'autres gens. « Il abonde dans son sens », pensa-t-il. Le lieutenant s'éclaircit la gorge en toussant avant de poursuivre : – Mais, quoique quelques détails restent encore obscurs, je crois que les trois questions clés sont résolues : Qui l'a tué. Comment l'a-t-on tué. Pourquoi on l'a tué.

Un chien aboya et ses aboiements, malheureux et frénétiques, se transformèrent en hurlement lugubre. Le colonel avait reculé ou la lune avancé : son visage était à nouveau dans l'ombre. Le môle montait et descendait. Le cône lumineux du phare balayait l'eau, la dorait.

– J'ai lu votre rapport à mes supérieurs, l'entendit dire Lituma. La gendarmerie a informé mes chefs. Et ils ont eu l'amabilité d'en faire une photocopie et de me l'envoyer pour que je sois au courant de son contenu.

Il restait imperturbable, il ne parlait pas plus vite ni avec plus d'émotion qu'auparavant. Lituma vit qu'une brise soudaine agitait les rares cheveux de la silhouette dans l'ombre; le colonel se passa immédiatement la main sur le crâne. Le gendarme demeurait tendu et effrayé, mais maintenant il avait à nouveau à l'esprit les deux images intruses : celles du petit gars et d'Alicia Mindreau. La jeune fille, paralysée par la surprise, voyait comment on le poussait brutalement dans une camionnette bleue. Qui démarrait bruyamment. Durant le trajet vers le coteau rocailleux, les aviateurs, pour faire plaisir à leur chef, éteignaient leurs cigarettes sur les bras, le cou et le visage de Palomino Molero. En l'entendant hurler, ils lançaient de grands éclats de rire en se donnant des coups de coude. « Qu'il en bave, je veux qu'il en bave », tremblait le lieutenant Dufó. Et soudain, baisant ses doigts : « Tu regretteras d'être né, je te jure. » Il vit le lieutenant Silva se lever de la pointe du canot où il était assis et, les mains dans les poches, se mettre à contempler la mer.

— Est-ce que cela signifie qu'on va enterrer l'affaire, mon colonel ? demanda-t-il sans se retourner.

— Je ne le sais pas, répondit le colonel Mindreau, sèchement, comme si la question était trop banale ou stupide et lui faisait perdre un temps précieux. — Mais presque immédiatement, il douta : — Je ne le crois pas, plus maintenant. C'est très difficile, ce serait... Je ne sais pas. Cela dépend de très haut, pas de moi.

« Cela dépend des gros bonnets », pensa Lituma. Pourquoi le colonel parlait-il comme si rien de cela ne lui importait ? Pourquoi était-il venu, alors ?

— J'ai besoin de savoir une chose, lieutenant. — Il marqua un temps d'arrêt, Lituma eut l'impression qu'il jetait sur lui un regard rapide, comme s'il ne le découvrait que maintenant et décidait qu'il pouvait

155

continuer à parler devant cet individu insignifiant. – Est-ce que ma fille est venue vous dire que j'avais abusé d'elle? Vous a-t-elle dit cela?

Lituma vit que son chef, sans retirer les mains de ses poches, se tournait vers le colonel.

– Elle nous l'a laissé entendre, bafouilla-t-il en s'étranglant. Elle ne l'a pas dit explicitement, pas avec ces mots. Mais elle nous a fait comprendre que vous... qu'elle était pour vous non pas une fille mais une femme, mon colonel.

Il s'était terriblement troublé et les mots lui écorchaient la bouche. Lituma ne l'avait jamais vu aussi confus. Il eut de la peine. Pour lui, pour le colonel Mindreau, pour le petit gars, pour la jeune fille. Il avait envie de se mettre à pleurer de chagrin sur le monde entier, nom de nom. Il se rendit compte qu'il tremblait des pieds à la tête. Oui, Josefino avait vu juste, il n'était qu'un pauvre sentimental et il ne changerait pas.

– Elle vous a dit aussi que je lui baisais les pieds? Qu'après avoir abusé d'elle, je me traînais par terre en implorant son pardon? dit le colonel Mindreau.

Il ne posait pas des questions, il confirmait plutôt quelque chose qui lui semblait certain.

Le lieutenant Silva balbutia une phrase que Lituma ne comprit pas. Peut-être « Je crois que oui » ou « Il me semble que oui ». Il avait envie de partir en courant. Ah! si un pêcheur pouvait arriver, si quelque chose pouvait interrompre cette scène!

– Que fou de remords, je lui tendais mon revolver pour qu'elle me tue? poursuivait, infatigable, le colonel.

Il avait baissé la voix. On le sentait fatigué et comme très loin.

Cette fois le lieutenant ne répondit pas. Il y eut un long temps d'arrêt. La silhouette de l'aviateur était raide et le vieux môle montait et descendait, balancé par les vagues. Le murmure de la mer était plus faible, comme si la marée commençait à descendre. Un oiseau invisible croassa, tout près.

— Vous vous sentez mal? demanda le lieutenant.

— En anglais le mot est *delusions*, dit le colonel d'une voix ferme, comme s'il ne s'adressait à personne maintenant. Dans notre langue il n'y a pas d'équivalent. Parce que *delusions* veut dire, à la fois, illusion, fantaisie et leurre ou fraude. Une illusion qui est un leurre. Une fantaisie frauduleuse, dolosive. — Il soupira profondément comme s'il manquait d'air et passa sa main sur sa bouche. — Pour mener Alicita à New York j'ai vendu la maison de mes parents. J'ai dépensé les économies de toute une vie. J'ai même hypothéqué ma pension de retraite. Aux États-Unis on soigne toutes les maladies du monde, on fait des miracles scientifiques. N'est-ce pas ce que l'on dit? Bon, si c'est vrai, cela justifie tous les sacrifices. Sauver cette enfant. Me sauver moi aussi. On ne l'a pas guérie. Mais au moins on a découvert ce qu'elle avait. *Delusions*. Elle ne guérira jamais parce que ça ne se guérit pas. Cela s'aggrave plutôt. Cette maladie prolifère comme un cancer avec le temps, tant que la cause est là et la provoque. On me l'a expliqué là-bas tout crûment. Son problème c'est vous. La cause c'est

157

vous. Elle vous rend responsable de la mort de cette mère qu'elle n'a pas connue. Tout ce qu'elle invente, ces choses terribles qu'elle trame contre vous, ce qu'elle allait raconter aux Mères du Sacré-Cœur à Lima, ce qu'elle racontait aux Mères de Lourdes, à Piura, à ses tantes, aux amies. Que vous la maltraitez, que vous êtes avare, que vous la torturez, que vous l'attachez à son lit, que vous la fouettez. Pour venger sa mort. Mais vous n'avez rien vu encore. Préparez-vous à bien pire. Parce que plus tard, quand elle grandira, elle vous accusera d'avoir voulu la tuer, la violer, de l'avoir fait violer. Des choses les plus horribles. Et elle ne se rendra même pas compte qu'elle invente et qu'elle ment. Parce qu'elle croit et vit ses mensonges comme si c'était ni plus ni moins la vérité. *Delusions*. C'est le nom de sa maladie en anglais. Dans notre langue il n'y a pas de mot qui l'explique aussi bien.

Il y eut un long silence. La mer n'était plus qu'un murmure, tout bas, feutré. « Tant de mots que j'entends pour la première fois », pensa Lituma.

– C'est ainsi, certainement, dit le lieutenant d'un ton respectueux et grave. Mais... les fantaisies ou folies de votre fille n'expliquent pas tout, si vous me permettez. – Il fit une longue parenthèse, attendant peut-être un commentaire du colonel ou cherchant les mots appropriés. – L'acharnement contre le jeune homme, par exemple.

Lituma ferma les yeux. Il était là-bas : brûlant sous le soleil implacable, dans le désert caillouteux, supplicié des cheveux à la plante des pieds, entouré de chèvres indifférentes et fureteuses. Pendu, brûlé

158

à la cigarette et un bâton fiché dans le cul. Pauvre petit gars.

— C'est une autre affaire, dit le colonel. — Mais il rectifia aussitôt : — Ça ne l'explique pas, c'est certain.

— Vous m'avez posé une question et j'ai répondu, dit le lieutenant. Permettez-moi de vous poser moi aussi une question : Était-ce si nécessaire de s'acharner de la sorte? Je vous le demande parce que, simplement, je ne le comprends pas.

— Moi non plus, répliqua aussitôt le colonel. Ou pour mieux dire oui, je le comprends. Maintenant. Au début non. Il s'est saoulé et a saoulé ses hommes. L'alcool et le dépit ont fait que le pauvre diable est devenu aussi sadique. Le dépit, l'amour blessé, l'honneur foulé aux pieds. Ces choses existent quoiqu'un policier ne les connaisse pas, lieutenant. Il semblait être seulement un pauvre diable, pas un sadique. Une balle dans la tête suffisait. Et un enterrement discret. C'étaient mes ordres. La stupide boucherie non, naturellement. Maintenant cela aussi n'a plus la moindre importance. C'est arrivé comme c'est arrivé et chacun doit assumer ses responsabilités. Moi j'ai toujours assumé les miennes.

Il se remit à respirer fort, à haleter. Lituma entendit son chef dire :

— Vous n'étiez, donc, pas présent. Seulement le lieutenant Dufó et un groupe de subordonnés?

Lituma crut entendre le colonel claquer la langue, comme s'il allait cracher. Mais il ne le fit pas.

159

– Je lui ai donné ce prix de consolation, pour qu'avec cette balle dans la tête il puisse apaiser son orgueil blessé, dit-il froidement. Il m'a surpris. Il ne semblait pas capable d'une telle chose. Les aviateurs aussi m'ont surpris. C'étaient ses compagnons, après tout. Il y a un fond bestial, chez tous. Avec ou sans éducation, tous. Je suppose que davantage dans les basses classes, parmi les métis. Ressentiments, complexes. L'alcool et l'adoration du chef auront fait le reste. Un tel acharnement n'était pas nécessaire, évidemment. Je ne regrette rien, si c'est ce que vous voulez savoir. A-t-on jamais vu un troufion enlever et violer la fille du commandant de sa base? Mais moi j'aurais fait ça de façon plus rapide et plus propre. Une balle dans la nuque un point c'est tout.

« Lui aussi il est comme sa fille, pensa le gendarme. Elusions, non delusions, c'est ça. »

– Il l'a violée, mon colonel? – Lituma se dit, une fois de plus, que le lieutenant formulait les questions qui lui venaient à l'esprit. – Qu'il l'ait enlevée, c'est un fait. Quoiqu'il serait plus juste de dire qu'ils se sont enfuis. Ils étaient tous deux amoureux et ils voulaient se marier. Tout le village d'Amotape pourrait en témoigner. Quelle sorte de viol est-ce là?

Lituma crut entendre, à nouveau, le claquement de la langue qui annonce le crachat. Quand il parla, le colonel était redevenu l'homme despotique et tranchant de l'entrevue dans son bureau :

– La fille du commandant de la base aérienne de Talara ne s'éprend pas d'un troufion, expliqua-t-il, écœuré de devoir préciser quelque chose d'aussi évident. La fille du colonel Mindreau ne s'éprend pas d'un guitariste de Castilla.

« Ça lui vient de lui », pensa Lituma. De ce père prétendument détesté, Alicia Mindreau avait hérité sa manie de mépriser et d'insulter ceux qui n'étaient pas blancs.

— Je ne l'ai pas inventé, répondit le lieutenant doucement. C'est elle, Mlle Alicia, qui nous l'a fait savoir. Sans que nous le lui demandions, mon colonel. Qu'ils s'aimaient et que, si le curé s'était trouvé alors à Amotape, ils se seraient mariés. Un viol, cela ?

— Mais est-ce que je ne vous l'ai pas déjà expliqué, haussa la voix le colonel Mindreau, pour la première fois de la nuit. *Delusions*, *delusions*. Des fantaisies mensongères. Elle n'était pas amoureuse, elle ne pouvait pas être amoureuse de lui. Ne voyez-vous pas qu'elle faisait la même chose que d'habitude ? la même chose qu'elle a faite quand elle est allée vous raconter tout cela. La même chose que lorsqu'elle allait trouver les Mères de Lourdes, pour leur montrer des blessures qu'elle s'était faites elle-même, à froid, pour me faire souffrir, moi. Elle se vengeait en se punissant, en me faisant payer, dans ce qui pouvait me faire mal, la mort de sa mère. Comme si... – il soupira, haleta – cette mort n'avait pas été déjà pour moi le calvaire de ma vie. Est-ce qu'un flic n'est pas capable de le comprendre ?

« Non, enfant de pute, pensa Lituma. Non, pas capable. » Pourquoi compliquer de la sorte l'existence? Pourquoi Alicia Mindreau n'avait-elle pas pu tomber amoureuse de ce petit gars qui jouait joliment de la guitare et chantait d'une voix tendre et romantique? Pourquoi était-ce impossible cet amour entre la petite Blanche et le métis? Pourquoi le colonel voyait-il dans cet amour une tortueuse conspiration contre lui?

– Je l'ai aussi expliqué à Palomino Molero, entendit-il dire le colonel, de nouveau sur ce ton impersonnel qui le distançait d'eux et de ce qu'il disait. Comme à vous. Plus en détail qu'à vous. Avec plus de clarté encore. Sans menaces, sans ordres. Pas de colonel à simple soldat. D'homme à homme. En lui donnant une chance de se conduire en garçon bien, d'être ce qu'il n'était pas.

Il se tut, pour passer sur sa bouche une main rapide comme un tue-mouches. Lituma, clignant des yeux, les vit : l'officier sévère et soigné, avec sa petite moustache droite et son regard froid, et le petit gars, engoncé dans son uniforme de recrue, sûrement neuf et les boutons brillants, les cheveux coupés presque à ras, en position de garde-à-vous. Celui-là, sûr de lui, petit et dominateur, s'agitant dans son bureau tout en parlant, sur fond de moteurs et de bruit d'hélices; et le mécanicien d'aviation, très pâle, n'osant bouger un doigt de la couture du pantalon, cligner des yeux, ouvrir la bouche, respirer.

– Cette enfant n'est pas ce qu'elle semble être. Cette enfant, même si elle parle, rit et fait ce que font les autres enfants, n'est pas semblable à elles. Elle est fragile, une feuille, une fleur, une colombe

162

sans défense – Lituma entendit dire le colonel. – Je pourrais vous dire, simplement : « Un simple soldat n'a pas le droit de poser les yeux sur la fille du commandant de la base; un garçon de Castilla ne peut aspirer même en rêve à Alicia Mindreau. Sachez-le et sachez aussi que vous ne devez pas vous approcher, ni la regarder, ni même rêver à elle, ou sinon il en irait de votre vie. » Mais au lieu de le lui interdire, je le lui ai expliqué, d'homme à homme. En croyant qu'un guitariste de Castilla pouvait être aussi quelqu'un de raisonnable, avec des réactions de bonne éducation. Il m'a dit qu'il l'avait compris, qu'il ne se doutait pas qu'Alicita fût ainsi, qu'il ne la reverrait pas ni ne lui parlerait. Et ce même soir cet hypocrite de métis l'a enlevée et a abusé d'elle. Il croyait ainsi me mettre devant l'évidence, le malheureux. Voilà, c'est fait, je l'ai violée. Et maintenant il faudra vous résigner à notre mariage. Non, mon garçon, ma fille cette enfant malade, peut me faire tous les chantages, toutes les infamies et je n'ai d'autre solution que de supporter la croix que Dieu m'a imposée. Elle oui, à moi... Mais pas toi, pauvre malheureux.

Il se tut, respira profondément, haleta et soudain, quelque part, un chat miaula. On entendit une cavalcade de pattes. Puis à nouveau le silence rythmé par le bruit synchronique du ressac. Le môle avait cessé de se balancer. Et une fois de plus Lituma entendit son chef poser la question qui lui brûlait les lèvres :

– Et pourquoi alors Ricardo Dufó? Pourquoi pouvait-il être, lui, l'amoureux, le fiancé d'Alicia Mindreau?

– Parce que Ricardo Dufó n'est pas un chien galeux de Castilla, mais un officier. Un homme de bonne famille. Et surtout parce qu'il est faible de caractère et sot – débita le colonel, comme las que le monde fût trop aveugle pour voir l'éclat du soleil. – Parce que avec ce pauvre diable de Ricardo Dufó je pouvais continuer à veiller sur elle et à la protéger. Comme j'ai juré de le faire à sa mère sur son lit de mort. Et Mercedes et Dieu savent que j'ai tenu parole, quoi qu'il m'en ait coûté.

Sa voix s'étrangla et il toussa, plusieurs fois, dissimulant cette irrépressible faiblesse. Au loin, plusieurs chats miaulaient et criaient, frénétiques : se battent-ils, sont-ils en chaleur? Tout était confus dans ce monde, nom de nom.

– Mais je ne suis pas venu pour ça et je ne vais pas vous parler encore de ma famille, coupa brusquement le colonel en changeant de ton, ajoutant plus doucement : Je ne veux pas non plus vous faire perdre votre temps, lieutenant.

« Je n'existe pas pour lui », pensa Lituma. Tant mieux : il se sentait plus à l'abri, se sachant oublié, aboli par le colonel. Il marqua un temps d'arrêt interminable comme s'il luttait âprement contre son mutisme, tâchant de prononcer quelques mots rebelles et fugitifs.

– Vous ne me le faites pas perdre, dit le lieutenant Silva.

– Je vous suis reconnaissant de n'avoir pas mentionné la chose dans votre rapport, articula-t-il enfin, avec difficulté.

– Au sujet de votre fille, vous voulez dire? murmura le lieutenant. De ses insinuations selon lesquelles vous auriez abusé d'elle?

— Je vous suis reconnaissant de ne pas l'avoir mentionné dans votre rapport, répéta le père d'Alicia Mindreau d'une voix plus sûre, et passant sa main sur sa bouche il ajouta : Pas pour moi, mais pour cette enfant. Elle... elle aurait été la proie des journalistes. Je vois déjà les manchettes, toute cette sanie, cette pestilence des journaux déversée sur nous. — Il toussa, haleta et fit un effort pour paraître serein avant de murmurer : — Une mineure doit être protégée, toujours, contre le scandale. A tout prix.

— Je dois vous dire une chose, mon colonel, dit le lieutenant. Je n'ai pas mentionné cela parce que c'était très vague, et aussi peu pertinent par rapport à l'assassinat de Palomino Molero. Mais, ne vous faites pas d'illusions. Quand l'affaire sera rendue publique, si elle l'est, tout dépendra de ce que votre fille dira. On la traquera, on la poursuivra jour et nuit pour essayer de lui arracher des déclarations. Et plus elles seront sales et scandaleuses, plus on les exploitera. Vous le savez bien. Si elle est comme vous dites, si elle souffre d'hallucinations, *delusions* avez-vous dit que ça s'appelait? il vaudrait mieux la mettre dans une clinique ou l'envoyer, peut-être, à l'étranger. Pardonnez-moi, je me mêle de ce qui ne me regarde pas.

Il se tut parce que l'ombre du colonel avait eu un mouvement d'impatience.

— Comme je ne savais pas si je vous trouverais, je vous ai laissé une note au poste, sous la porte, dit-il en mettant un point final à la conversation.

– Bien, mon colonel, dit le lieutenant Silva.

– Bonne nuit, prit congé le colonel, cassant.

Mais il ne partit pas. Lituma le vit se retourner et faire quelques pas vers le bord de la plage, se planter là, le visage vers la mer, et rester immobile face à la vaste étendue que la lune argentait par endroits. Le cône doré du phare allait et venait, dénonçant en passant devant eux, l'espace d'une seconde, la silhouette menue et impérieuse, vêtue de kaki, qui leur tournait le dos, attendant qu'ils s'en aillent. Il regarda le lieutenant, et celui-ci le regarda, indécis. A la fin, il lui fit signe de partir. Sans dire un mot, ils s'en allèrent. Le sable étouffait leurs pas et Lituma sentait s'enfoncer ses bottes. Ils passèrent près du dos tranquille du colonel – à nouveau le vent soulevait ses cheveux rares – et ils prirent, entre les canots échoués, la direction des taches épaisses qui étaient les maisons de Talara. Lorsqu'ils se retrouvèrent au bourg, Lituma se retourna pour regarder la plage. La silhouette semblait demeurer au même endroit, en bordure de mer. Une ombre un peu plus claire que les ombres environnantes. Plus loin, scintillaient des points jaunes, disséminés à l'horizon. Laquelle de ces lanternes de pêcheurs était la barque du mari de Doña Adriana? Quoique ici la nuit fût tiède, Don Matías disait qu'au large il faisait toujours froid et que c'était pour ça, non par désœuvrement ou par vice, que les pêcheurs emportaient toujours une petite bouteille de pisco ou de rhum pour supporter la nuit en haute mer.

Talara était déserte et paisible. On ne voyait de

lumière dans aucune des maisonnettes de bois qu'ils laissaient en arrière. Lituma avait tant de choses à demander et à commenter, mais il n'osait pas ouvrir la bouche, paralysé par une sensation ambiguë de confusion et de tristesse. Était-ce certain ce qu'il leur avait raconté ou un mensonge inventé? Certain, peut-être. C'est pour cela que la jeune fille lui avait semblé un peu cinglée, il ne s'était pas trompé. Parfois il regardait du coin de l'œil le lieutenant Silva : il portait la guitare à l'épaule, comme s'il s'agissait d'un fusil ou d'une pioche, et il avait l'air pensif, absent. Comment pouvait-il voir dans la pénombre, avec ses lunettes fumées?

Quand le bruit claqua Lituma fit un bond; en même temps, c'était comme s'il l'avait attendu. Il avait brisé le silence, bref et brutal, avec un écho assourdi. Maintenant tout était à nouveau tranquille et silencieux. Il resta immobile, regarda encore son chef. Celui-ci, après s'être arrêté un moment, se remit à marcher.

– Mais mon lieutenant, trotta derrière lui Lituma, vous n'avez pas entendu?

L'officier continua d'avancer, droit devant lui. Il pressa le pas.

– Entendu quoi, Lituma?

– Le coup de feu, mon lieutenant, le suivit affolé Lituma. Là-bas vers la plage. Vous ne l'avez pas entendu, vraiment?

– J'ai entendu un bruit qui pourrait être mille choses, Lituma, dit son chef d'un ton de réprimande. Le pet d'un ivrogne. Le rot d'une baleine. Mille choses. Je n'ai aucune preuve que ce bruit ait été un coup de feu.

Lituma sentait son cœur battre dans sa poitrine, très fort. Son corps s'était mis à transpirer et il sentait sa chemise et son visage humides. Il marchait à côté du lieutenant, étourdi, trébuchant, sans rien comprendre.

– Pourquoi n'allons-nous pas le voir? demanda-t-il en sentant une sorte de vertige, quelques mètres après.

– Voir quoi, Lituma?

– Si le colonel Mindreau s'est tué, mon lieutenant, balbutia-t-il. Ce n'était pas ça, donc, le bruit que nous avons entendu?

– Nous le saurons bien, Lituma, dit le lieutenant Silva en plaignant son ignorance. Si ça l'est ou pas, on le saura. Pourquoi te presser? Attends que quelqu'un vienne, un pêcheur, un clochard, qui le trouvera et viendra nous donner la nouvelle. Si c'est vrai que ce monsieur s'est tué, comme tu le penses. Ou bien plutôt, attends que nous arrivions au poste. Il est possible que là-bas le mystère qui te tourmente soit éclairci. Tu as bien entendu le colonel dire qu'il nous avait laissé une petite note.

Lituma ne dit rien et continua d'avancer près de son chef. D'une des rues désertes, en transversale, surgit un râle mécanique, comme si quelqu'un allumait une radio. A la terrasse de l'hôtel Royal, le veilleur de nuit dormait comme un bienheureux, enveloppé dans une couverture et la tête sur la balustrade.

– Autrement dit vous croyez que cette note est son testament, mon lieutenant, murmura-t-il enfin en vue du poste. Qu'il est venu nous trouver en sachant bien qu'après nous avoir parlé il allait se tuer ?

– Putain, tu es lent de la comprenette, mon fils, soupira son chef. – Et il lui tapota le bras pour lui remonter le moral. – Encore heureux que, tant bien que mal, à la fin tu finisses par comprendre. Non, Lituma ?

Ils ne parlèrent plus jusqu'à atteindre la maisonnette en ruine, aux murs écaillés, qui était la gendarmerie. Le lieutenant avait alerté à plusieurs reprises la direction générale de la gendarmerie, expliquant que si l'on ne faisait pas quelque chose très vite le plafond allait leur tomber dessus et que les cellules étaient des passoires d'où les détenus ne s'échappaient pas par pitié ou par courtoisie, car les planches des cloisons étaient mangées par les termites et rongées par les rats. On lui répondait que le prochain budget en tiendrait compte, peut-être. Un nuage avait occulté la lune et le lieutenant dut frotter une allumette pour trouver la serrure. Il batailla un bon moment, comme toujours, avant que la clé puisse tourner. En frottant une deuxième allumette, il chercha par terre, d'abord sur le seuil, puis plus à l'intérieur, jusqu'à ce que la petite flamme lui brûlât le bout des doigts et il dut la souffler en jurant. Lituma courut allumer la lampe à pétrole ; il le fit si maladroitement qu'il lui sembla mettre un siècle. La flamme jaillit enfin : une langue rouge au cœur bleuté qui vacilla quelques secondes avant de s'affermir. L'enveloppe était à moitié enfoncée dans l'un des interstices du plancher et Lituma vit son chef, accroupi, la prendre et la

169

soulever avec beaucoup de délicatesse, comme s'il s'était agi d'un objet fragile et précieux. Il devina tous les gestes du lieutenant qui allaient suivre : rejeter son képi en arrière, ôter ses lunettes et s'asseoir sur un coin du bureau, les jambes bien écartées, tandis que, toujours très soigneusement, il déchirait l'enveloppe et de deux doigts en retirait un petit papier blanc, presque transparent. Lituma aperçut des lignes à l'écriture irrégulière qui couvraient toute la page. Il approcha la lampe de façon à ce que son chef pût lire sans difficulté. Il vit, rempli d'anxiété, les yeux du lieutenant se déplacer lentement de gauche à droite, de droite à gauche, et son visage progressivement se contracter en une expression de contrariété ou de perplexité, ou les deux à la fois.

– Alors, mon lieutenant? demanda-t-il quand il crut que l'officier avait fini de lire.

– Putain de merde! entendit-il dire son chef, en même temps qu'il le voyait baisser la main : le petit papier blanc resta pendu au bout, à hauteur de son genou.

– S'est-il tué? insista Lituma. – Et tendant le bras : – Vous me laissez le voir, mon lieutenant?

– L'enfant de salaud était gonflé, murmura son chef, en lui tendant le papier. – Lituma se précipita pour le prendre, le lire et, tandis qu'il le lisait, sans arriver à y croire, sans finir de comprendre, il entendit le lieutenant ajouter : – Non seulement il s'est tué, Lituma, mais ce salaud a aussi tué sa fille.

Lituma leva la tête et regarda son chef, sans

savoir que dire ni que faire. Il tenait la lampe dans la main gauche et ces ombres qui s'allongeaient et bougeaient signifiaient sans doute qu'il tremblait. Une grimace déforma le visage du lieutenant et Lituma le vit cligner des yeux et battre des paupières comme si une lumière blessante l'aveuglait.

– Qu'est ce qu'on va faire maintenant, balbutiat-il en se sentant coupable de quelque chose. Aller à la base chez le colonel, pour voir si c'est vrai qu'il a tué la jeune fille?

– Tu crois que cela peut ne pas être certain, Lituma? lui dit sévèrement le lieutenant.

– Je ne sais pas, répondit le gendarme. Ou plutôt oui, je crois que c'est sûr qu'il l'a tuée. C'est pour ça qu'il était si bizarre, sur la plage. Et je crois aussi que c'est sûr qu'il s'est tué et que c'est le coup de feu qu'on a entendu. Putain de sa mère, putain de sa mère.

– Tu as raison, dit le lieutenant Silva au bout de quelques secondes : Putain de sa mère.

Ils restèrent un moment silencieux, immobiles, entre ces ombres qui dansaient sur les murs, par terre, sur les meubles délabrés du poste.

– Qu'est-ce qu'on va faire maintenant, mon lieutenant? répéta enfin Lituma.

– Je ne sais pas ce que tu vas faire, toi, répondit l'officier en se levant brusquement, comme s'il se souvenait de quelque chose d'urgent. – Il semblait possédé d'une énergie violente. – Mais je te conseille pour l'heure de ne rien faire, si ce n'est t'en aller dormir. Jusqu'à ce que quelqu'un vienne te réveiller en t'annonçant ces deux morts.

Il le vit, décidé, se diriger à grands pas vers les ombres de la rue, en faisant des gestes caractéristiques : mettre bien en place la cartouchière qui pendait à son ceinturon, et ajuster ses verres fumés.

— Où allez-vous, mon lieutenant ? balbutia-t-il effrayé, devinant ce qu'il allait entendre.

— M'envoyer une bonne fois cette bonne femme de merde, l'entendit-il dire, déjà invisible.

VIII

Doña Adriana se mit à rire encore et Lituma vit qu'alors que tout Talara commentait la rumeur, pleurnichait ou spéculait sur les événements, la patronne de la gargote ne faisait que rire. C'était comme cela depuis trois jours. Elle les avait accueillis à l'heure du petit déjeuner, du déjeuner et du dîner, avant-hier, hier et aujourd'hui avec ce même éclat de rire ininterrompu. Le lieutenant Silva, en revanche, était renfrogné et mal à l'aise, ni plus ni moins que s'il avait connu la plus grande honte de sa vie. Pour la quinzième fois en trois jours Lituma pensa : « Que diable s'est-il passé entre ces deux-là ? » Les cloches du père Domingo sonnèrent appelant à la messe. Sans cesser de rire, Doña Adriana fit le signe de la croix.

– Et qu'est-ce qu'on va lui faire, d'après vous, à cette espèce de lieutenant, ce Dufó ? se racla la gorge Don Jerónimo.

C'était l'heure du déjeuner, et outre le chauffeur de taxi de Talara, le lieutenant Silva et Lituma, il y avait aussi dans la gargote un jeune couple qui était venu de Zorritos pour assister à un baptême.

– Il sera jugé par les siens, répliqua de mauvaise humeur le lieutenant Silva, sans lever les yeux de son assiette à moitié vide. – C'est-à-dire, par un tribunal militaire.

– Mais on va lui faire quelque chose, hein? insista Don Jerónimo. – Il mangeait un sauté de porc au riz blanc en s'éventant avec un journal; il mâchait la bouche ouverte et postillonnait autour de lui. – Parce qu'on suppose qu'un type qui a fait ce qu'on dit qu'il a fait, ce Dufó avec Palomino Molero, il ne peut pas rentrer bien tranquillement chez lui, hein, mon lieutenant?

– On suppose qu'il ne peut pas rentrer bien tranquillement chez lui, acquiesça le lieutenant, la bouche pleine et manifestement fâché qu'on ne le laissât pas manger en paix. On va lui faire quelque chose, je suppose.

Doña Adriana partit à rire encore et Lituma sentit son chef devenir tendu et s'enfoncer sur son siège en voyant s'approcher la patronne. Il était à ce point penaud qu'il ne chassait même pas les mouches de son visage. Elle portait une petite robe à fleurs, au large décolleté, et elle balançait sa poitrine et ses hanches avec beaucoup de vivacité. Elle semblait rayonnante, contente d'elle et du monde entier.

– Prenez un petit peu d'eau, mon lieutenant, et ne mangez pas si vite, vous allez vous étouffer, rit Doña Adriana en tapotant le dos de l'officier comme pour accentuer encore son ton moqueur.

– Eh bien! vous, vous êtes de bonne humeur ces derniers temps, dit Lituma en la regardant sans la reconnaître.

C'était une autre personne, elle était devenue coquette, quelle mouche l'avait piquée?

– Il y a une raison à cela, dit Doña Adriana en débarrassant le couvert du couple de Zorritos et en s'éloignant vers la cuisine.

Elle remuait son popotin comme si elle leur disait adieu, adieu. « Nom de Dieu », pensa Lituma.

– Est-ce que vous savez pourquoi elle est comme ça, si joyeuse, depuis trois jours, mon lieutenant? demanda-t-il.

Au lieu de répondre l'officier lui jeta un regard assassin, derrière ses verres fumés, et se remit à regarder la rue. Là-bas sur le sable un oiseau noir picotait quelque chose furieusement. Soudain il battit des ailes et s'éleva lourdement.

– Vous voulez que je vous dise quelque chose, mon lieutenant? dit Don Jerónimo. J'espère que vous ne serez pas fâché.

– Si ça peut me fâcher, il vaut mieux ne pas me le dire, grogna le lieutenant. Je ne suis pas d'humeur à entendre des conneries.

– Message reçu, ronchonna le chauffeur de taxi.

– Est-ce qu'il va y avoir d'autres morts? rit Doña Adriana depuis sa cuisine.

« Elle est même devenue appétissante », se dit le gendarme. « Un de ces soirs je vais aller voir les putes chez le Chinetoque. Je suis en train de me rouiller. » La table de l'officier, de Lituma et celle du chauffeur de taxi étaient séparées et leurs voix, pour atteindre leurs destinataires, devaient passer par-dessus le couple de Zorritos. C'étaient des

175

jeunes, bien pomponnés, et ils se retournaient vers les uns et les autres, intéressés par ce qui se disait.

– Même si ça ne vous plaît pas, je vais vous le dire quand même, pour que vous le sachiez, décida Don Jerónimo, en frappant la table de son journal. Il n'y a pas un seul Talarègne, homme, femme ou chien qui puisse gober cette histoire à dormir debout. Pas même ce charognard sur la plage qui puisse l'avaler.

Parce que le rapace noir était revenu et s'acharnait à nouveau sur le lézard qu'il tenait dans son bec. Le lieutenant continua à manger, indifférent, concentré sur ses pensées et renfrogné.

– Et quelle est donc cette histoire à dormir debout, si l'on peut savoir, Don Jerónimo ? demanda Lituma.

– Que le colonel Mindreau a tué sa fille et s'est tué ensuite, dit le chauffeur de taxi en crachant et en postillonnant. Il faudrait être idiot pour avaler de pareilles fariboles.

– Eh bien ! moi oui, affirma Lituma, je suis assez idiot pour croire que le colonel a tué sa fille avant de se faire justice.

– Ne jouez pas les naïfs avec moi, l'ami, se racla la gorge Don Jerónimo en fronçant le visage. Ces deux-là on les a exécutés pour qu'ils ne parlent pas. Pour pouvoir flanquer l'assassinat de Palomino Molero sur le dos de Mindreau. Ne jouez pas au plus fin.

– C'est ça qu'on raconte maintenant ? leva la tête de son assiette le lieutenant Silva. Qu'on a exécuté le

176

colonel Mindreau? Et qui donc, dit-on encore, l'aurait tué?

– Les gros bonnets, naturellement, ouvrit les bras Don Jerónimo. Qui d'autre? Ne jouez pas au plus fin vous aussi, mon lieutenant, nous pouvons parler en toute confiance ici. Mais voilà, vous ne pouvez pas parler. Tout le monde dit qu'on vous a mis un bâillon sur la bouche pour que vous ne racontiez rien. Comme d'habitude, d'ailleurs.

Le lieutenant haussa les épaules, comme si tous ces commérages ne méritaient de sa part que dédain et indifférence.

– Vous vous rendez compte, on a même inventé qu'il abusait de sa fille, cracha ses grains de riz Don Jerónimo. Les cochons. Pauvre type. Qu'est-ce que vous en pensez, Doña Adrianita?

– Je pense beaucoup de choses, ha, ha, ha! rit l'épouse de Don Matías.

– Donc les gens croient que tout cela est une histoire inventée, murmura le lieutenant en revenant à son assiette avec une moue aigre.

– Pour sûr, dit Don Jerónimo. Pour couvrir les coupables, pourquoi autrement?

La sirène de la raffinerie retentit et le rapace leva la tête et se tapit. Il resta quelques secondes dans cette attitude, ramassé, en attente. Il s'éloigna, à la fin, en sautillant.

– Et alors pourquoi a-t-on tué Palomino Molero d'après eux? demanda Lituma.

– Une affaire de contrebande qui roule sur plusieurs millions, affirma Don Jerónimo avec assurance. D'abord on a tué le troufion, parce qu'il avait

177

mangé un bout du gâteau. Et comme le colonel Mindreau avait découvert le pot aux roses, ou allait le découvrir, on l'a zigouillé, ainsi que sa fille. Et comme on sait bien ce qui plaît aux gens, on a inventé cette histoire dégueulasse selon laquelle il avait fait la peau de Molero par jalousie, parce qu'à ce qu'on dit il se l'envoyait. Avec ce rideau de fumée on a obtenu ce qu'on voulait. Que personne ne parle du principal. Des millions.

– Putain d'imagination, soupira le lieutenant.

Il raclait sa fourchette contre l'assiette comme s'il voulait la briser.

– Ne dites pas de gros mots sinon votre langue va tomber dans l'assiette, dit Doña Adriana en riant. – Elle se planta près du lieutenant avec une soucoupe de crème à la mangue et, en la plaçant sur la table, elle se colla tellement que sa large cuisse frôla le bras de l'officier. Celui-ci le retira aussitôt. – Ha, ha, ha!...

« Que de manières! » pensa Lituma. Qu'est-ce qui lui arrivait à Doña Adriana? Non seulement elle se moquait du lieutenant, mais en plus elle faisait la coquette avec lui et de belle manière. Son chef était sans réaction. Il semblait complexé et démoralisé sous l'effet des piques et des blagues de Doña Adriana. Lui aussi était une autre personne. En toute autre occasion, ces taquineries de la patronne l'auraient rendu fou de bonheur et il aurait foncé à cent à l'heure. Maintenant, rien ne le tirait de l'apathie de ruminant triste dans laquelle il était plongé depuis trois jours. Que diable s'était-il passé cette nuit-là, donc?

178

— A Zorritos aussi on est au courant de cette affaire de contrebande, intervint soudain le garçon qui était venu pour le baptême. — Il était jeune, les cheveux gominés et avait une dent en or. Il portait une chemise rose, amidonnée, et il parlait de façon précipitée. Il regardait celle qui devait être sa femme. — N'est-ce pas, Marisita?

— Oui, Panchito, dit-elle, tout à fait.

— On dit même qu'ils faisaient entrer des frigos et des cuisinières, ajouta le garçon. Pour avoir commis de pareils crimes il fallait qu'il y ait beaucoup de millions en jeu.

— Moi celle qui me fait de la peine c'est Alicia Mindreau, dit la fille de Zorritos, en clignant les yeux comme si elle allait pleurer. La petite est la victime innocente de toute cette histoire. Pauvre enfant. Qu'est-ce qu'il ne faut pas voir! Et le pire c'est que les véritables coupables il ne leur arrive rien. Ils garderont l'argent bien tranquillement. Hein, Panchito!

— Les seuls qui sont toujours refaits c'est nous, les pauvres, ronchonna Don Jerónimo. Les gros bonnets jamais, hein, mon lieutenant?

Le lieutenant se leva si brusquement que sa table et sa chaise chancelèrent.

— Eh bien! je m'en vais, annonça-t-il l'air dégoûté de tout et de tous. — Et à Lituma: — Toi, tu restes?

— Je pars tout de suite, mon lieutenant. Laissez-moi au moins prendre mon café.

— Grand bien te fasse, grogna le lieutenant en mettant son képi et en évitant de regarder la

179

patronne qui, depuis le comptoir, le suivit jusqu'à la porte avec un petit regard moqueur en lui faisant au revoir.

Quelques minutes plus tard, quand elle lui apporta sa tasse de café, Doña Adriana s'assit en face de Lituma, sur la chaise que le lieutenant occupait.

– Je n'en peux plus de curiosité, dit le gendarme en baissant la voix pour que les autres clients ne l'entendissent pas. Est-ce que vous allez enfin me dire ce qui s'est passé l'autre nuit entre le lieutenant et vous?

– Demandez-le-lui, rétorqua la patronne, le visage rond débordant de malice.

– Je le lui ai demandé plus de dix fois, Doña Adriana, insista Lituma à mi-voix. Mais il fait l'imbécile et ne pipe mot. Allez, ne soyez pas égoïste, racontez-moi tout.

– Et après on dit que les femmes sont curieuses! railla Doña Adriana avec toujours ce même sourire moqueur qu'elle arborait depuis trois jours.

« On dirait une gamine qui a joué un bon tour, pensa Lituma. Elle a même rajeuni et tout. »

– On dit aussi que plus que de contrebande, c'est une affaire d'espionnage, entendit-il dire Don Jerónimo qui s'était levé et bavardait avec le couple de Zorritos, appuyé sur le dossier d'une chaise. Je l'ai entendu dire par le propriétaire du ciné Talara. Et Don Teotonio Calle Frías n'est pas homme à parler pour ne rien dire.

– Si c'est lui qui le dit, c'est qu'il doit bien y avoir quelque chose, souligna Panchito.

– Il n'y a pas de fumée sans feu, corrobora Marisa.

– Doña Adrianita, ne vous offusquez pas, il faut que je vous pose la question qui me brûle les lèvres, murmura Lituma en cherchant ses mots. Avez-vous couché avec le lieutenant? Lui avez-vous, enfin, donné ce plaisir?

– Comment as-tu l'audace de me demander ça, espèce de garnement? murmura la patronne de la gargote en le menaçant de l'index. – Elle voulait prendre un air fâché mais elle ne l'était pas : le petit éclat sardonique et satisfait brillait toujours dans ses petits yeux bruns, et sa bouche restait entrouverte sur le sourire ambigu de celle qui se souvient, mi-heureuse mi-repentie, de quelque vilaine chose. – Et d'abord parle tout bas, Matías peut t'entendre.

– Alors Palomino Molero a découvert qu'ils transmettaient des secrets militaires en Équateur et c'est pour ça qu'ils l'ont tué, disait Don Jerónimo. Alors le chef de cette bande d'espions était peut-être le colonel Mindreau en personne.

– Un sac d'embrouilles, commentait le gars de Zorritos. Comme dans les films.

– Oui, comme au cinéma.

– Comment peut-il m'entendre, Doña Adrianita, on entend d'ici ses ronflements, murmura Lituma. C'est que, vous voyez, tout est si bizarre depuis cette nuit-là. Je passe mon temps à essayer de deviner ce qui a bien pu se passer ici pour que vous soyez devenue si débordante, si exubérante, et le lieutenant si penaud, la queue entre les jambes.

La patronne partit d'un éclat de rire et rit un bon moment si fort que ses yeux s'emplirent de larmes. Son corps était secoué d'hilarité, ses gros nichons dansaient, libres et somptueux, sous sa petite robe à fleurs.

– Bien sûr qu'il a la queue entre les jambes, dit-elle. Et je crois qu'il va l'avoir pour toujours, Lituma. Ton chef ne jouera plus jamais les violeurs, ha, ha, ha!

– Moi je ne suis absolument pas surpris de ce que raconte Don Teotonio Calle Frías, disait le garçon de Zorritos en léchant sa dent en or. Dès le début je l'ai flairé : derrière tout ce sang il devait y avoir la main de l'Équateur.

– Et qu'est-ce que vous avez fait pour ça, Doña Adriana? Comment avez-vous pu le rendre si penaud, si accablé? Ne faites pas la fière. Racontez, racontez-moi.

– En plus je suis sûre que cette petite Mindreau on l'a violée avant de la tuer, soupira la fille de Zorritos. – C'était une brunette piquante, aux cheveux crépus, engoncée dans une robe bleu électrique. – C'est ce qu'ils font toujours. De ces singes on peut tout attendre. Et dire que j'ai des parents en Équateur.

– Il est entré le revolver à la main pour essayer de me faire peur, murmura la patronne en contenant son rire irrépressible et en clignant les yeux comme pour revoir la scène qui l'amusait tellement. Moi je dormais déjà et j'ai eu une de ces peurs. J'ai cru que c'était un voleur. Non, c'était ton chef. Il est entré en enfonçant la porte, la brute, l'effronté. En

182

croyant qu'il allait me faire peur. Le pauvre, le pauvre.

— Je n'ai rien entendu à ce sujet, mâchonna Don Jerónimo, en allongeant le cou au milieu du journal avec lequel il chassait les mouches. Mais, naturellement, je ne serais pas surpris qu'en plus de l'avoir tuée, on l'ait violée. Et plusieurs hommes, sans doute.

— Il s'est mis à me débiter de ces phrases cucul la praline, comme c'est pas possible.

— Par exemple?

— Je ne peux plus vivre comme ça, je suis dévoré par le désir. Je suis obsédé, je vous ai dans la peau. Si je ne vous possède pas, je finirai par me brûler la cervelle un de ces jours. Ou vous la brûler.

— C'est comique, se tordit de rire Lituma. Vraiment il vous a dit qu'il était dévoré par le désir ou est-ce que vous dites ça par pure méchanceté?

— Il a cru qu'il allait m'émouvoir ou m'effrayer, ou les deux à la fois, dit Doña Adriana en tapotant l'épaule du gendarme. La surprise qu'il a eue, Lituma.

— Certain, certain, dit le gars de Zorritos. Plusieurs hommes à tous les coups. C'est toujours comme ça.

— Et vous, qu'est-ce que vous avez fait, Doña Adrianita?

— J'ai enlevé ma chemise et je suis restée toute nue, murmura Doña Adriana en rougissant.

Oui, tel quel : elle avait retiré sa chemise de nuit. Elle était nue. Ce fut quelque chose de soudain, un mouvement simultané des deux bras : ils arrachèrent le vêtement d'un coup violent et le jetèrent sur le lit. Sur le visage qui émergea au-dessous des cheveux défaits, sur ces chairs potelées que blanchissait la pénombre, il n'y avait pas de la peur mais une fureur indicible.

— A poil? battit des paupières deux ou trois fois Lituma.

— Et je me suis mise à dire à ton chef des choses impensables, expliqua Doña Adriana. Ou pour mieux dire, des cochonneries qui ne m'étaient jamais venues à l'esprit.

— Des cochonneries? continue à battre des paupières Lituma, tout ouïe.

— Eh bien! voilà, je suis là, je suis prête, qu'est-ce que tu attends, mon petit gars, pour te foutre à poil, dit Doña Adriana d'une voix vibrante de mépris et d'indignation. — Elle sortait la poitrine, le ventre, les mains sur les hanches. — Ou est-ce que tu as honte de me la montrer? Elle est si petite que ça, mon petit père? Allez, vas-y, grouille-toi, enlève-moi ce pantalon et montre-la-moi. Viens, viole-moi une bonne fois. Montre-moi comme tu es ardent et viril, mon petit père. Baise-moi cinq fois de suite, c'est ce que fait mon mari toutes les nuits. Lui il est vieux mais toi tu es jeune, alors tu vas battre son record, hein, mon petit père? Baise-moi, donc, six, sept fois. Tu crois que tu pourras?

— Mais, mais..., balbutia Lituma effaré. C'est vous qui disiez ces choses-là, Doña Adrianita?

— Mais, mais..., balbutia le lieutenant. Qu'est-ce qui vous prend, madame?

— Moi non plus je ne me reconnaissais pas,

Lituma, murmura la patronne de la gargote. Moi non plus je ne savais d'où je tirais tous ces gros mots. Mais je remercie le Seigneur Captif d'Ayabaca de m'avoir donné cette inspiration. J'ai fait le pèlerinage une fois, à pied, jusqu'à Ayabaca, pour les fêtes d'octobre. Et il a éclairé ma route à cet instant. Le pauvre en est resté aussi bête que toi en ce moment. Allez, viens, mon petit père, enlève ton pantalon, je veux voir ta petite quéquette, je veux savoir combien elle mesure et commencer à compter les coups que tu vas tirer. Est-ce que tu arriveras jusqu'à huit?

— Mais, mais..., bégaya Lituma, le visage en feu, les yeux comme des soucoupes.

— Vous n'avez pas le droit de vous moquer de moi comme ça, bégaya le lieutenant, la bouche ouverte.

— Parce que tout cela je le lui disais d'une façon encore plus dégueulasse que tu l'entends, Lituma, expliqua la patronne. Avec de la hargne et de la rage, et je l'ai gagné. Il est resté tout bête, si tu l'avais vu.

— Ça ne m'étonne pas, Doña Adriana, n'importe quel homme à sa place, dit Lituma. Moi-même je suis tout bête rien qu'en vous écoutant. Et qu'est-ce qu'il a fait, alors?

— Évidemment il n'a pas enlevé son pantalon ni rien, dit Doña Adriana. Et toute sa belle envie, ses beaux désirs sont partis en fumée.

— Je ne suis pas venu ici pour que vous vous moquiez de moi, s'écria le lieutenant sans savoir où se fourrer. Madame Adriana.

— Bien sûr que non, putain de ta mère. Tu es venu pour me flanquer la trouille avec ton revolver et me violer, pour te sentir très macho. Viole-moi, donc, superman. Allez, dépêche-toi. Viole-moi dix fois de suite, mon petit père et je serai contente. Qu'est-ce que tu attends?

— Vous êtes devenue folle, murmura Lituma.

— Oui, je suis devenue folle, soupira la patronne. Mais ça m'a bien réussi. Parce que, grâce à ma folie, ton chef est allé se faire voir ailleurs. Et la queue entre les jambes. Avec des airs offensés par-dessus le marché, cette espèce de con.

— Je suis venu vous avouer un sentiment sincère et vous vous moquez de moi, vous m'offensez, protesta le lieutenant. En vous abaissant, en plus, à parler comme une putain.

— Et vois dans quel état il est. Plus bas que terre, ajouta Doña Adriana. Même que ça me fait de la peine, maintenant.

Elle riait de nouveau aux éclats, heureuse d'elle et de son bon tour. Lituma se sentit inondé de solidarité et de sympathie pour son chef. C'est normal qu'il soit si abattu, on l'avait humilié dans sa dignité d'homme. Quand il le leur raconterait, les indomptables en feraient un de ces grabuges. Ils diraient que Doña Adriana méritait, plus encore que la Chunga, d'être la reine des indomptables et ils chanteraient l'hymne en son honneur.

— On raconte aussi que ce pourrait être une affaire de pédés, insinua le gars de Zorritos.

— De pédés? Ah oui? cligna des yeux Don Jerónimo en se léchant les babines. C'est possible, c'est possible.

– Bien sûr que c'est possible, poursuivit le garçon. Dans les casernes ça pullule. Et les histoires de pédés, c'est bien connu, tôt ou tard ça finit dans le sang. Pardonne-nous de parler de ces choses devant toi, Marisita.

– Il n'y a pas de mal, Panchito. C'est la vie!

– C'est possible, c'est possible, réfléchissait Don Jerónimo. Mais qui avec qui? Comment cela?

– Personne ne croit à cette histoire de suicide du colonel Mindreau, changea de sujet, soudain, Doña Adriana.

– C'est ce que je vois, souligna Lituma.

– A vrai dire, moi non plus, ajouta la patronne. Enfin, qu'est-ce qui a pu se passer?

– Vous non plus vous ne le croyez pas? – Lituma se leva et signa le bon du repas. – Et pourtant moi je crois bien l'histoire que vous m'avez racontée. Alors qu'elle est plus fantastique que le suicide du colonel Mindreau. Au revoir, Doña Adriana.

– Écoute Lituma, l'appela-t-elle. – Elle prit un regard brillant et coquin et baissa la voix : – Dis au lieutenant que ce soir je lui ferai du tacu-tacu à la purée de haricots, son plat préféré. Pour qu'il m'aime un petit peu à nouveau.

Elle lança un petit rire coquet et Lituma aussi se mit à rire.

– Je le lui dirai tel quel, Doña Adriana. A très bientôt.

Putasse! qui comprenait quelque chose aux femmes? Il gagnait la porte quand il entendit Don Jerónimo, dans son dos :

– Eh! l'ami, pourquoi ne nous dites-vous pas

combien les gros bonnets ont payé le lieutenant pour qu'il invente cette histoire du suicide du colonel?

— Ces plaisanteries ne me font pas rire, répliqua-t-il sans se retourner. Et le lieutenant encore moins. S'il savait ce que vous dites, Don Jerónimo, vous pourriez le regretter.

Il entendit le vieux chauffeur de taxi murmurer « Flic de mes deux », et il fut sur le point de revenir sur ses pas. Mais il ne le fit pas. Il sortit dans la rue étouffante de chaleur. Il avança au milieu du sable ardent, au milieu du charivari des gosses qui frappaient du pied dans une balle de chiffon et dont les ombres tissaient une géographie agitée autour de ses pieds. Il se mit à transpirer; sa chemise se colla à son corps. Incroyable ce que lui avait raconté Doña Adriana. Était-ce bien vrai? Oui, probablement. Maintenant il comprenait pourquoi le lieutenant avait l'air si abattu depuis cette nuit-là. Et pourtant le lieutenant aussi c'était du sérieux. S'enticher de cette grosse femme en ce moment, au milieu de la tragédie. En voilà une idée. Mais ça avait bien mal tourné. Doña Adrianita, qui l'aurait cru, était une maîtresse femme. Il l'imagina à poil se payant la tête du lieutenant, il vit le robuste corps vibrant et gesticulant, et l'officier, hébété, ne voulant pas croire ce qu'il entendait et voyait. N'importe qui aurait perdu les pédales et aurait pris ses jambes à son cou. Il se remit à rire.

Il trouva au poste le lieutenant sans chemise, à son bureau, trempé de sueur. D'une main il se faisait du vent, de l'autre il tenait un télégramme, tout près de ses lunettes. Lituma devina, sous les verres fumés, les yeux de l'officier se déplaçant sur les lignes du télégramme.

– Ce qu'il y a de plus con dans cette affaire c'est que personne ne croit que le colonel Mindreau a tué sa fille et s'est tué ensuite, dit-il. Les plus grandes conneries courent sur son compte, mon lieutenant. Ils disent que c'est une histoire de contrebande, ou d'espionnage, ils y voient la main de l'Équateur. Ils vont jusqu'à imaginer qu'il y a des pédés là-dessous. Vous voyez un peu la stupidité.

– Mauvaise nouvelle pour toi, dit le lieutenant en se tournant vers lui. On t'a affecté à un petit poste plus ou moins fantôme dans le département de Junín. Tu dois y être dans les meilleurs délais. On te paye l'autocar.

– A Junín? dit Lituma en regardant hypnotisé le télégramme. Moi?

– Moi aussi je suis muté, mais je ne sais pas encore où, acquiesça le lieutenant. Là-bas aussi, peut-être bien.

– Ce doit être affreusement loin, balbutia Lituma.

– Tu vois, espèce de con, le gronda son chef avec une certaine affection. Toi qui voulais tellement éclaircir le mystère de Palomino Molero. Ça y est, je te l'ai éclairci. Et qu'est-ce que nous avons gagné? toi, qu'on t'envoie dans la sierra, loin de chez toi et de tes amis. Et moi, peut-être dans un trou encore pire. Voilà comment l'on remercie les bons et loyaux services dans cette gendarmerie où tu as fait la connerie de te fourrer. Qu'est-ce que tu vas

189

devenir là-bas, Lituma? A-t-on jamais vu oiseau noir gambader dans la neige? Je meurs de peine à la seule idée du froid que tu vas endurer.

– Bordel de merde de vérole de cul! dit le gendarme avec philosophie.